KB145747

시시콜콜

황우 목사 백낙원의 팔순기념 자전산문집

_____ 님께

드립니다.

황우
목사 **백 낙 원**

시음사
시사랑음악사랑

작가의 말

이 시시콜콜은 백낙원(호적명은 백낙은이지만 평생을 백낙원으로 불렀다.) 목사 개인의 자전적 산문집이다. 인생 칠십 고래희(古來稀)라 했는데, 내가 벌써 여든이 되었다. 사실, 만으로 따지자면 아직 일흔 아홉도 채 되지 않았기 때문에 억울한 면도 없지 않으나, 예부터 전통이 그러하니 어쩌겠는가. 더 기억이 희미해지기 전에 팔순기념으로 내 일생의 기록을 남겨두고 싶어서 필을 들었다.

그리고 이 시시콜콜은 일평생 내가 믿고 의지해온 하나님께 대한 내 삶의 고백이기도 하고, 아들 딸 4남매에게 남기는 유서의 성격이기도 하다. 뿐만 아니라, 다른 수필집에 게재된 글도 있는데 그 이유는 나의 목회 철학과 신념이 담긴 글이기 때문이다. 그리고 이 글의 어떤 부분은 우리 가정의 치부를 들어내는 것일 수도 있지만, 자녀들에게나 독자들에게 거짓 없는 진실한 고백을 하고 싶어서이다.

또 이 시시콜콜은 한꺼번에 집필한 것이 아니고, 여러 편의 수필과 기고문, 또는 간증 등의 내용을 편집한 것이기 때문에 중복 게재된 내용도 있고, 순서가 약간 뒤바뀐 경우도 있지만 글의 맥락을 해치지 않으려고 수정하지 않았다.

어떤 사례는 70년도 더 된 일이기 때문에 기억력의 한계로 약간의 불분명한 것도 있지만 과장을 하거나 거짓을 말하지 않으려고 애썼다는 것을 알아 줬으면 좋겠다. 어떻든 이 글을 읽는 분들은 이런 사람도 있구나 하는 마음으로 읽어 주었으면 하는 바람이다. 그리고 추천사를 써주신 김상근 목사님과 김락호 이사장님께 심심한 감사를 드리고, 편집에 애써 주신 편집국장님께도 감사드린다.

작가 **백낙원**

이 역설의 삶이 어찌 가능했을까!

김상근 목사
한국기독교장로회 총무, 선교교육원장 역임. 대한기독교서회 사장 역임
김대중 정부 제2건국범국민추진위원회 상임의장 역임
노무현 정부 민주평화통일자문회의 수석부의장 역임
한국기독교교회협의회인권위원장.비상시국대책회의상임의장 역임
6·15공동선언실천남측위원회위원장 역임
(현)장공(長空)김재준목사 기념사업회 이사장
(현)수주(水洲)박형규목사기념사업회준비위원회 상임대표
(현)늦봄 문익환목사탄신 100년 기념사업준비위원회 대표

70년대였습니다. 인권운동이 숨 막히게 돌아갔습니다. 인권운동은 민주화운동으로 발전했습니다. 지금 돌아보면 참으로 치열했습니다. 80년 광주민주화운동으로 인권-민주화운동은 평화통일운동으로 확대 심화되었습니다. 인권-민주화-평화통일운동에 참여하는 것은 반체제인사로 탄압받고, 혹은 종북 빨갱이로 몰리기 일 수였습니다. 보수적인 경상도지역에서는 더더욱 그랬습니다. 저는 서울에서 활동한 연유로 가끔 지방과의 연대를 위해 전국을 돌아야 했습니다. 경상도지역을 가자면 막막했습니다. 아니, 막막하지 않았습니다. 이미 인권-민주화-평화통일운동을 이끌고 있는 백낙기 목사님이 거기 계시기 때문이었습니다. 제가 그 지역과의 연대를 협의하기 위해 혹은 강연이나 기도회를 위해 거기 가려하면 저는 백낙기 목사님에게 사발통문을 넣곤 했습니다. 백 목사님은 언제나 뜻을 같이 하는 목사님과 평신도들을 모이게 했습니다. 모인 동지들을 이끈 또 한 분 목사님이 백낙원 목사님이

었습니다. 두 분 백 목사님 형제가 아니었으면 경북지역의 인권-민주화-평화통일운동이 제대로 일어날 수 없었을 것입니다. 저는 두 분 백 목사님 형제의 인권-민주화-통일운동에 기여하신 것을 기억합니다. 감사를 드리지 않을 수 없습니다.

80년대에 저는 한국기독교장로회 총회총무 직을 감당하게 되었습니다. 우리 기장 역시 경상도지역의 목사 장로님들 그리고 교회도 보수적이었습니다. 저에게 우호적일 리가 없었습니다. 총회의 일에도 사뭇 비우호적이었습니다. 그 때 총회가 추진하는 일을 이해하고 이끌 선배 목사님은 두 백 목사님이었습니다. 두 분이 아니 계셨더라면 총무 일을 훨씬 고단하게 하지 않을 수 없었을 것입니다. 두 분이 거기 계셔서 기장이 기장다운 걸음을 할 수 있었습니다. 언젠가는 백낙원 목사님 댁에 들렸고 차 대접을 받았던 기억도 있습니다. 한 마당 가득 분재를 키우시고 계실 때였습니다. 저는 두 분께 사랑의 큰 빚을 졌습니다. 두 분의 시대적 역할을 저는 두고두고 잊지 않을 것입니다.

저는 보내주신 "시시콜콜"을 읽고서야 그 즈음도, 아니 목사의 길을 걷고 계시던 내내 그리도 어렵고 힘든 삶을 견디고 사셨다는 것을 비로소 알게 되었습니다. 저는 백 목사님께서 주어진 삶의 조건과 씨름하고 계시던 것을 짐작도 못했었습니다. "시시콜콜"을 읽는 내내 미안함과 죄스러움을 피할 수 없었습니다. 아, 백 목사님의 삶, 그랬구나! 부제를 "시시콜콜"이라고 달았지만 저에게는 시시콜콜한 "자전산문집"으로 다가오지 않았습니다. 가슴 아려지는 아픈 삶 그러나 위대한 승리자의 삶을 만나는 현장이었습니다. 목사의 한 삶, 성직자 가정의 한 삶을 고스란히 만나는 현장이었습니다.

목사님 내 삶은 항상 가난했습니다. 넉넉한 때가 결코 없었습니다. 항상 어려웠습니다. 소시민적 즐거움과 안이함 같은 것은 아예 그 자리가 있을 리 없었습니다. 그러나 백 목사님은 가난하지도 어렵지도 않았습니다. 아니, 넉넉했습니다. 아니, 즐겁고 감사했습니다. 힘들고 어려운 삶에서도 한갓 여유를 즐겼으니 말입니다. 서예, 서각, 분재, 색소폰 그리고 승마까지. 누가 이리 살 수 있겠습니까. 가난했지만 넉넉했던, 어려웠지만 즐겁고 감사했던 이 역설의 삶이 "시시콜콜"에 가득 담겨 있습니다. 잔잔하고 자잘하다고 할 수 없습니다. 그 삶 한 순간, 한 순간이 야곱의 얍복강 가 씨름과 같았던 저 역설의 삶이 알알이 빛을 내고 있습니다. 숙연함이 일기까지 하는 "시시콜콜"입니다. 이 책을 손에 든 누구라도 위대한 삶을 함께 배우고 그 역설의 삶을 배우고 공유하게 될 것입니다.

백 목사님은 저보다 1년 위십니다. 80에 이르러 자신의 삶을 처음부터 지금에 이르기까지 나아가 생을 마감할 때까지를 죽 기록하고 성찰하고 마지막을 자녀들에게 부탁하는 백 목사님 흉내를 낼 수 있을까. 자신 없습니다. 생을 그리 깔끔하게 그릴 수도 없으려니와 그리 완벽하게 정리할 수도 없을 것 같습니다. 그러나 그 삶의 자세, 성직자다운 삶의 자세는 배워야 하고 배우고자 노력할 것입니다.

모든 분들께 일독을 자신 있게 권합니다. 저 위대한 역설의 삶이 어찌 가능했을까!

시시콜콜한 세상사 이야기를 작품으로
승화 시키는 백낙원 작가

김락호 이사장
(사)창작문학예술인협의회

　시인의 눈으로 보는 시시콜콜한 세상사 이야기를 문집 형식으로 발표하는 백낙원 작가의 이번 작품집은 때로는 작가의 시각에서 또는 시인의 감성으로 그러면서도 목자의 믿음과 사랑으로 보는 세상을 엮었다. 백낙원 작가의 내면을 이해하고 작가가 살아온 가슴 뭉클한 사연을 독자와 함께하려 한다. 한 권의 책으로 다 보여 줄 수는 없지만, 그동안 작품 위주로 발표한 저서와는 달리 작가의 이야기를 담고 있어 친숙함을 더해준다. 인간의 위대함을 역설하는 백낙원 작가는 철학적 삶의 허무를 강조하는 회의주의나 쾌락주의는 모두 인간의 삶이 지니는 모순 전체를 통찰하는 일임을 역설적으로 표현하고 있다. 우리는 기하학적 방법에 의하여 확실성을 얻지만, 그 확실성은 우리의 제한된 능력에 의한 것이다. 그런 능력을 갖춘 사람은 흔히 볼 수 없기에 더욱 잔잔한 감동으로 다가오는 작품집이다.

백낙원 작가의 작품을 읽다 보면 사회성을 내포한 저항적이면서도 낭만적인 작품들을 볼 수 있다. 작가가 어떤 사물을 보고 그 배경에는 흔히 전경이 앞에 있고 배경은 뒤에 있는 것처럼 표현하지만 배경의 경계선은 전경에 부속된 것처럼 보이고, 전경은 배경에 비해 잘 정의된 형태로 보이게 노력한 점이 돋보인다. 이번 작품집 "시시콜콜"은 배경에 대한 고민을 참 많이 했다는 것을 알 수 있다. 백낙원 작가는 때로 사회의 모순을 역설하는가하면 인간의 가장 기본적인 예의와 사랑으로 감싸 안아야 하는 감동적인 이야기들을 작가의 시각으로 엮어 독자와 함께 나누려 한다. 시집 - 씨밀레 (영원한 친구) 수필집 - 인간 상실의 시대에 이어 "시시콜콜"한 문집이 백낙원 작가의 진솔한 이야기와 작가만의 문학세계를 이해할 수 있는 기회가 되리라 믿어 기쁜 마음으로 추천한다.

* 목 차 *

* 목 차 *

1 백씨의 근원

우리 백씨는 중국 소주인(蘇州人)인데 제왕전승(帝王傳承) 성원도를 보면, 중국 백씨의 시조는 황제 간원(幹轅)의 후계인 "백을병"이라고 기재되어 있다. 그러나 한국의 백씨 시조는 송계공(松溪公)인데, 휘(諱)는 우경(宇經)이고, 자(字)는 경천(敬天)이다. 그 휘(諱)나 자(字)를 보아도 알 수 있겠지만 시조 송계공은 하늘을 공경하는 경건한 사람, 즉 경천(敬天)인이라는 것을 알 수 있다.

  당나라에서 검의사(歛議事) 이부상서(吏部尙書)를 지내다가 간신들의 모함으로 스스로 신라로 건너왔는데 그 때는 신라 선덕왕 원년 서기 780년이다.

  황희가 쓴 영락보 서문에 의하면 송계공은 위지대상(位至大相)을 지냈고, 나중엔 좌복사사공 대사도(左復射司公 大司徒)에 이르렀다고 했다. 송계공의 묘소는 지금 경북 경주시 안강읍 옥산리에 있다.

  특히 거기에는 국보40호인 정혜사지(淨惠寺址)가 있다. 거기엔 높이 5.9m인 13층 석탑이 있는데, 이 석탑은 안강에서 영천으로 가는 28번국도 우측 옥산서원 방향으로 들어가면 독락당을 지나 자옥산이 감싸고 있는 곳에 위치하고 있다.

향토의 사서인 『동경통지』에 따르면 37대 선덕왕 원년 (780)에 당의 백우경(시조 송계공의 이름)이라는 자가 당나라로부터 망명을 와서 이곳 자옥산 아래에 웅거하였다. 그는 경치가 뛰어난 곳을 골라 영월당과 만세암을 세웠는데, 왕이 친히 행차하여 영월당을 경춘(景春)으로 고치고, 만세암을 '정혜사(淨惠寺)라 하였다고 한다.

백씨의 본관(本貫)[관향(貫鄕)]은 수원이다. 백씨는 수원(水原) 단일 본이나 29개 파로 나뉘어 졌는데, 우리는 그중 21번째 파인 금릉부원군파(金陵府院君派)이다. 백씨는 모두 한 할아버지 자손이므로 일족(一族) 또는 일가(一家)라고 부르고, 종씨(宗氏)라고 해서는 안 된다. (족보 제10권 851쪽)

이 시시콜콜은 27세손이며 중(重)자 기(基)자(重基), 즉 저자의 증조부로부터 시작한다. 그 이상은 족보에 등재되어 있기 때문이다.(편의상 존칭은 생략하기로 한다) 28세손이요 제게 조부가 되신 갑진(甲鎭) 님은 1874년 10월 21일생이시고, 1950년 8월 9일 소천 하셨다. 조모 김순심(順心) 님은 1877년 9월 15일생으로, 1960년 6월 5일 소천 하셨는데, 인품이 후덕하고 다정다감하신 분이셨다.

둘째 조부님은 홍진(洪鎭)님인데 갑오년 정월 22일 생으로 남원양씨와 결혼하였다. 일본에서 많은 혜택을 받은 이웃사람의 증언에 의하면, 체격이 장대하고 인품이 고매하며 호탕하셨다고 한다. 일본 예지현 강기 시에서 상당한 갑부였다고 하며, 일본에 있는 한국인들을 돌보는 일에 앞장서신 분이어서 "장군"으로 불려 졌다는 것이다. 그 덕택으로 셋째 조부님 완석과 태석 형제들도 일본으로 가서 공부하셨다.

저의 아버님은 29세손 명자 석자(明石)인데 족보 명으로는 한기(漢基)님이시다. 둘째 작은 아버님 완석, 일명 완수(完洙)님도 일본에 유학하여 공부하시던 중, 항일 투쟁으로 5년여의 옥고를 치루셨으며, 해방 전에 만주 길림성으로 이주하셨다. 풍모가 당당하고 사나이다운 기풍이 넘쳤다고 전해진다.

셋째이신 태석(泰石)님, 일명 익기(益基)님은 일본에서 농잠계통을 전공하였으며, 일반 행정에도 능하여 대구 경산군 안심면 면장을 역임하셨다.

넷째 택수(澤洙)(일명 송아지)님도 1913년 7월 16일 생으로 일본에 가서 공부하셨고, 예지현에서 사진업에 종사하다가 일본에 귀화(歸化) 하셨다. 십 수 년 전에 1차 귀국하신 후 일본에서 후손 없이 사망하였다고 전한다.

고모님이신 백계홍(桂洪)님은 1920년 11월 1일 생이시고, 남편 문종건(1914년 11월 18일 생)님 과의 사이에 3남 1녀를 두었다.

저의 형님이시면서 우리 가문의 장남이신 낙기(樂琦)님은 30세손으로 1934년 8월 18일 생이시고, 족보명은 기현(琦鉉)으로 한국신학대학을 졸업하신 후, 목사로 임직하셔서 20여 년 동안 한일 중고등학교에서 교목으로 재직하시다가 소명감에 불타 김천 새론교회를 개척하셨으며, 30여년 목회를 하신 후 2000년 3월 10일 은퇴하셨다. 그리고 은퇴 목사님들의 처지를 감안하여 김천시 부곡동 31-11번지에서 교회를 개척하시고, 지금은 김천시 감각골 1길 31-3에서 경은교회를 시무하고 계신다. 그리고 배(配)로는 안광자님인데 1939년 8월 25일 생으로 슬하에 1남 2녀를 두셨다.

둘째인 나 낙원(樂元)(호적명 낙은(樂垠)(족보명 원현(元鉉)은 1938년 10월 24일 생으로 한남신학교를 졸업하고 총회 교육원에서 목회학 석사학위를 취득하였으며 40여년 목회를 하였다.

배(配)로는 박정자(朴貞子)인데 1942년 2월 26일 생으로, 옛날 외정시대 때 교동교회(지금의 금릉교회)를 지켜 오신 박재충 영수님의 딸이다. 우리 내외는 슬하에 1남 3녀가 있다.

  셋째 : 낙문(樂文). 족보명은 문현(文鉉)으로 1943년 12월 24일 생으로 김정애(1947년 11월 27일생)와 결혼하여 1남 2녀를 두었다.

  넷째 : 백낙철(樂喆). 족보명은 철현(喆鉉)이고 1950년 10월 28일 생으로 김종관(1952년 2월 20일 생)와 결혼하여 1남 1녀를 두었다. 지금은 금릉교회 장로로 시무중이다.

2 어린 시절의 회상

(1) 고고의 울음 울고

내 고향은 행정상의 명칭으로 경북 김천시 삼락동이다. 물이 넉넉하여 그야말로 金泉이다. 그리고 삼락동은 옛날에 원님이 계셨던 곳이기에 "舊邑"이라고 부르는 곳이요, 조그만 도랑을 중심으로 동쪽은 교동(敎洞)이요, 서쪽은 삼락동(三樂洞)으로 나뉘어져 있으나 통틀어 金陵이라고 부른다.

교동엔 아직도 향교가 잘 보존되어 있는 것으로 보아, 아마 학문을 사랑하는 동리였던 것이 분명하며, 많은 유인들이 배출된 곳이기도 하다.

그리고 三樂洞이라는 이름은 아마도 전국시대(戰國時代) 공자(孔子)의 사상을 계승한 맹자(孟子)의 〈盡心篇〉에 나오는 君子有三樂, 즉 군자에게는 세 가지 즐거움이 있다고 한데서 비롯된 것이라 여긴다. 양친이 다 살아 계시고 형제가 무고(無故)한 것이 첫 번째 즐거움이요.(父母俱存 兄弟無故 一樂也) 우러러 하늘에 부끄럽지 않고 굽어보아도 사람들에게 부끄럽지 않은 것이 두 번째 즐거움이요(仰不愧於天 俯不怍於人 二樂也)

천하의 영재를 얻어서 교육하는 것이 세 번째 즐거움이다.(得天下英才 而敎育之 三樂也) 라고 한 이 세 가지 즐거움을 생각하고 삼락동이라 이름 한 것으로 안다.

金陵이라 부르는 내 고향 舊邑은 아늑한 터전으로 정말 살기 좋은 곳이다. 태백산맥에서 면면이 이어져 내려오던 소백산맥이 추풍령을 지나 황악산으로 이어져 북풍을 막아주고, 또 하나의 줄기가 내남산으로 뻗어 九峰山을 이루었고, 드디어 아홉 골을 만들어 동리를 아늑하게 감싸고 있을 뿐 아니라, 남향으로 앉은 동리 앞에는 연화지라는 연못이 있어 연꽃이 장관을 이루는 곳이다.

그 연못에는 잉어, 가물치, 메기, 붕어가 마음껏 힘자랑을 하는 곳이기도 하다. 연화지 한가운데는 옛날 원님이 풍류를 즐겼음직한 봉황대가 자리하고 있어 그 풍치가 매혹적이어서 많은 사람들이 찾는 곳이다. 동리 앞에는 위에서부터 거문들, 양지들, 도내기들, 못 밑들 등의 넓은 들이 자리하고 그 앞으로 황악천이 흘러 金陵을 살찌게 하는 그야말로 金泉이다.

우리 동네는 세 가지 성씨가 주축을 이루고 있는데, 박씨와 우씨와 백씨이다. 그래서 예로부터 박 고집, 우 뿔떡, 백 궤살이란 별명과 함께 오순도순 이웃하여 사는 곳이다. 그래도 그 중에 백씨가 상당히 두각을 나타냈을 뿐 아니라 행세도 한 것 같다. 이름 있는 정치가와 군인, 학자. 그리고 많은 종교인을 배출했고 상당한 영향력을 행사하고 있기 때문이다.

일제치하에서도 우리 동리와 문중은 매우 완고하여 일제가 경부선 철도를 개설할 때 동리 앞을 지나가지 못하게 막았다고 한다. 명분이야 철마가 지나가면 동리가 망한다는 것이겠지만, 그 숨은 뜻은 일제에 대한 항거에서 비롯된 것이라 여긴다. 어찌 되었건 일제도 당하지 못하고 철도를 우회시키고 말았다. 지금 경부고속도로가 관통한 그 쉬운 코스로 철도가 지나가지 못하고, 김천에서 직지사를 지나 추풍령으로 이어지는 그야말로 난코스를 택할 수밖에 없었다. 김천을 지난 철도가 산 밑으로 4~50도 정도로 꺾여 터널을 뚫어야 했고, 높이 20미터도 더 되는 석축을 쌓아야 했다. 그 곳의 경사가 어찌나 심한지 김천을 출발한 석탄기차가 올라가지 못하고 다시 김천까지 후진했다가 오르곤 했다.

이 곳 김천시 삼락동 148번지의 조그마한 초가삼간이 나의 안태고향이다. 왼쪽으로는 사랑채가 자리했고, 오른쪽엔 넓은 장독대가 앉아 있으며, 그 뒤에는 수령 100년쯤 되는 살구나무가 있었다. 살구 씨가 채 여물기도 전에 동리 아이들이 돌팔매질을 하여 살구를 따려다가 장독을 깨곤 했다.

그때는 항상 배고픈 시대여서 살구를 몇 개 주머니에 넣고 골목으로 나가면 인기가 만점이었다. 살구를 따가지고 나가서 동리 아이들에게 자랑도 하고, 나눠주는 것으로 일과를 삼았다. 살구를 한 주머니 가지고 마실을 나가면 안 되는 일이 없을 지경이었다. 딱지나 구슬과 바꾸기도 하였기 때문에 내 주머니에는 항상 딱지나 구슬이 가득이었다.

백씨 시조 송계공의 28대손이신 갑자 진자(甲鎭) 조부님은 학문이 높고 엄격하신 분이셨다. 형님도 어릴 적에 할아버지께 천자문을 배우셨는데, 놀러 갔다가 공부시간에 늦었다고 나무를 다듬는 자귀를 던져 형님이 많이 다친 때도 있었다. 그리고 내게도 다섯 살이 될 때부터 천자문을 가르쳐 주셨는데, 잘못하면 사정없이 담뱃대가 내 머리에 작렬하여 내 머리에 밤알이 생기는 것이 보통이었다.

明자 石자이신 아버님은 불학이시지만 동리에서 무슨 문제라도 생기면 그 문제를 해결하는 판관이셨고, 의용소방대원으로 활동하셨으며, "법이 없어도 사실 분" 또는 "호인"이라고 존경을 받는 분이셨다. 남의 일에 발 벗고 나서시는 분이셨는데, 우리 마을 사람이 소를 도둑맞은 적이 있었다. 그 소를 찾으러 혼자 밤중에 소도둑의 뒤를 쫓아 호랑이도 나오고 산적들이 출몰한다는 이남이 재를 넘어 아천까지 가셔서 소를 찾아 그 다음날 새벽에 돌아오신 일도 있었다. 아버님은 평소에 약주를 좋아하셨는데, 약주만 한잔 하시면 무골호인이 되셨다.

그리고 달자 임자(達任)자(김달님)이신 어머님은 인자하시기가 한이 없으신 분이시다. 아주 단신이지만 배포가 크신 분이셨다.

어머님은 아닌 것을 보고는 참지 못하시는 분이시기로 소문이 났다. 그렇게도 자상하신 분이셨는데 내가 무슨 잘못을 저질렀는지 지금은 기억도 나지 않지만, 스스로 머리를 담벼락에 부닥치면서 이런 꼴 보지 않고 돌아가시겠다고 몸부림을 치셨다. 그 때 얼마나 놀랐는지 그 후로는 어머님의 명을 어겨 볼 엄두도 내지 못했다. 그러나 어머님은 자녀를 위해서 입안에 있던 것까지 꺼내 주시는 분이셨다.

어머님이 명주길쌈을 하시면서 우리 4형제를 기르셨다. 누에고치를 뜨거운 물에 넣고 실을 뽑는데 실을 다 뽑으면 번데기가 나온다. 그 번데기를 얻어먹으려고 동리 아이들이 우리 집으로 몰려들곤 했다. 그렇게 뽑은 실을 가지고 명주를 짜셨는데, 그 명주를 짜는 소리가 얼마나 재미있는지 베틀 옆에서 잠이 들곤 했다. 어머님의 그 지극정성이 우리 형제를 목사로 길러 내신 것임을 의심치 않는다. 비록 학문이 없으신 분이긴 하지만 소리 높여 자랑하고픈 분이시다.

어머님은 그 때 우리 가정이 몹시 어려워 제대로 잡숫지 못하셔서 젖이 잘 나오지를 않으셨던 것 같다. 분유도 없었던 시절이라, 쌀을 입으로 씹어 다시 뱉어가지고 그것을 끓여 암죽을 만들어 우리 형제를 기르셨다. 어머니께서 다섯 살 아래인 동생을 그렇게 기르는 것을 본 나는 그 암죽이 하도 먹고 싶어 침을 흘렸던 기억이 생생하다. 비록 50이란 연세에 기독교에 입신하셨으나, 착실한 신앙생활로 타의 모범이 되었고, "권사"직을 추대 받으셨으며 1979년 1월 11일 소천 하셨다.

내 생일은 1938년 10월 24일인데 그 당시로써는 UN DAY 라는 공휴일이어서 많은 사람들이 내 생일을 국경일로 지켜 준다고 생각하고 자랑스럽게 생각했었다. 이때는 일제 치하였기 때문에 말과 글이 자유롭지 못했다. 어떤 때는 우리 집에 일본순사와 그 앞잡이들이 와서 공출을 내지 않는 사람들을 모아놓고 몽둥이질하는 모습도 보고 자랐다.

위에서 말한 바와 같이 우리 집 살구나무 아래 있는 장독대는 내가 기억하기로 그곳은 신성한 곳으로 어머님이 항상 정화수 떠놓고 북두칠성을 향하여 빌고 또 비는 장소였다. 그 지극정성 축원이 효험을 보았는지 아버님이 35살 때 나보다 네 살 위인 형님을 낳으셨다. 그래서 금지옥엽(金枝玉葉)이었다.

부모님이 편애를 많이 하셨지만 그 때는 당연한 것으로 여겨 불평 한마디 하지 않았다. 그 형님은 어려운 가운데서도 어떻게 해서 고등학교를 보내셨지만, 나는 초등학교를 졸업하고 중학교를 갈 수 없었다. 그 때는 초등학교도 보내지 않고 집에서 일을 시키는 부모들도 많았기 때문에 부모님께 불평 한마디 할 수 없었다. 그래서 약 2년 동안이이나 집에서 농사일을 하면서 가사 일을 도왔다. 학생 모자를 쓰고 책가방을 멘 친구들이 학교에서 돌아오는 것을 보면 뒤돌아서서 눈물을 훔치곤 했다.

(2) 꽹과리 소리 요란한 마을

물론 우리 마을엔 풍물놀이패가 있어 명절이나 특별한 날 요란한 꽹과리 소리를 들으며 자랐다. 내 기억으로는 그 당시 아버님은 지금으로 말하면 "마을 방범대장" 비슷한 위치였다고 생각한다.

내 뇌리에서 사라지지 않는 한 사건이 있는데 지금도 생생하게 기억한다. 마을에서 소를 도적맞은 사건이 일어났는데, 그 도둑을 잡고 보니 처녀였다. 그 이유는 시집을 가기 위해서였다고 한다.

옛날에는 "법은 멀고 주먹은 가깝다"는 말이 있듯이 법으로 가는 것이 쉽지 않았다. 마을에서 소도둑 처녀를 잡아서 가슴에 "소도둑"이라는 명패를 붙이고, 온 동내를 돌면서 꽹과리를 치면서 동리를 한 바퀴 도는 것을 보았다. 지금 생각하면 인권유린이라고 생각할 수도 있지만 그것으로 끝이었다. 법에 고발하지도 않았다. 그 가정은 결국 우리 동네에 살지 못하고 어딘가로 떠나는 것이 전부였다.

(3) 일본을 위해 피를 흘린 아이

내가 소학교(초등학교)에 입학한 것은 1945년 3월경이었다. 일곱 살 어린 것이 무슨 일을 할 수 있다고 일제는 우리 초등학교 1학년 학생들에게도 부역을 시켰다. 앞에서 언급한 것처럼 우리 동네 앞에는 연화지라는 큰 연못이 있는데, "물 밤"이라는 수초가 온 연못에 가득하였다. 그 연못에 들어가 물 밤넝쿨을 건져다가 퇴비를 만들겠다는 것이었다. 일본선생이 어린 우리들에게까지 풀을 누가 많이 모아 오는지 보자고 하며 경쟁을 붙였다.

내가 연못에 들어가 물 밤 줄기를 끌어당기는데, 다른 아이가 맞은편에서 낫으로 물 밤 넝쿨을 잡아당기다가 내 손가락을 걸어 당기고 말았다. 손가락이 반이나 잘려 나갔다. 그 때 일본 선생이 다가와서 내 이름을 부르면서 "마스바라 감바래"라고 하면서 집으로 돌려보내 주었다. 얼마나 많은 피를 흘렸는지 모른다. 당시는 병원도 없었지만 돈도 없어서 집에서 갑오징어 뼈를 긁어 바르면서 치료를 했다. 그 때 베여 떨어진 살이 그냥 살아 붙어 내 손가락에는 아직도 혹이 하나 달려있다. 나는 본의 아니게 이미 초등학교 1학년 시절에 일본을 위해 피를 흘린 애국신민으로 길들여져 있었다. 그 해 여름에 해방이 되었지만 말이다.

(4) 해방을 맞다.

1945년 8월 15일 해방이 되고 며칠 후 일본 사람들이 경부선 기차를 타고 부산으로 쫓겨 내려가고 있을 때였다. 나는 겨우 초등학교 1학년이었지만 형님은 초등학교 5학년이었다. 누가 그렇게 시켰는지는 모르겠으나 5학년 이상 학생들을 동원하여 김천 역전에 가서 만세를 부르게 했던 것으로 기억한다. 그런데 도망치던 일본인들이 그 어린 학생들을 향하여 총을 난사한 사건이 벌어졌다. 잘은 모르지만 수명의 학생이 총에 맞았다는 뒷소문을 들었다. 일본 사람들이 최후의 발악을 한 것이었다.

(5) 6.25 동란을 겪다.

내가 초등학교 6학년이었을 때 북한 인민군의 남침으로 1950년 6월 25일 동란이 터졌다. 정부에서 선전하기를 "북쪽의 빨갱이가 남침을 했지만, 국군이 곧 반격을 해서 북진을 할 것이니 동요하지 말고 안심하라."는 것이었다. 그러나 서울이 함락되었다느니, 수원이 떨어졌다느니, 대전도 위태하다니니 하는 소문들은 꼬리를 물었고, 피난민들과 후퇴하는 부상당한 군인들로 길을 메우고 있었다.

얼마 전에 일어난 세월호 침몰 때처럼 가만히 있으라는 정부의 말을 그대로 믿고 그냥 집에 죽치고 앉아 있었다. 그러나 추풍령이 위험하다는 소식과 함께 포성이 점점 가까이 들리기 시작하더니, 바로 머리 위에 떨어질 것만 같았다. 하는 수 없이 피난을 떠나기로 하였다. 그 당시 할아버지께서 중풍을 앓고 계셨기 때문에 거동을 하실 수가 없어서 가족회의를 한 결과 할머니께서 집에 남아 계시겠다고 우기셨다. 그래서 부모님이 우리 4형제는 데리고 피난을 가기로 하신 것이다. 그 때 어머니는 막내 동생(지금 금릉교회 백낙철 장로)을 낳은 지 20여일 밖에 안 되었을 때이다.

소달구지에 양식이랑 이불 등 여러 가지 짐을 잔뜩 싣고 마치 야영을 떠나는 심정으로 할머니 할아버지께 "다녀오겠습니다."라는 인사와 함께 피난을 떠났다.

빨갱이들은 분명히 얼굴이 빨간 괴물이요, 모두 머리에 뿔이 났으며, 사람의 머리 가죽을 벗겨 무자비하게 죽인다는 소문을 그대로 믿고 있었다. 그 악랄한 빨갱이들이 몰려온다니 어떻게 피난을 가지 않을 수 있겠는가?

그리고 그렇게 가볍게 집을 떠날 수 있었던 것은 정부의 발표만 믿고 며칠 내로 다시 돌아오게 될 것이라는 생각 때문이었다. 지금 생각하면 이런 불효가 어디 있겠는가? 피난생활 3개월 만에 집에 돌아와 보니 할아버지는 이미 고인이 되신 후였다. 정부의 발표를 그대로 믿은 것이 아버님과 우리 자손들에게 조부님의 임종도 하지 못한 천추의 한으로 남을 줄이야 누가 알았겠는가!

형님이신 백낙기 님은 중학교 2학년이었고, 나는 초등학교 6학년이었지만 바로 밑의 동생 낙문이는 초등학교 2학년이었고, 막내 낙철이 동생은 생후 20일 된 핏덩이였다. 어머니는 산후 조리를 못해 온 몸이 퉁퉁 부어 있었다.

지금 생각해 보면 피난길은 대충 이러했을 것이라 짐작 된다. 고향인 김천을 출발하여 선산을 지나 도개면 근처 낙동나루에서 낙동강을 도강했던 것으로 보인다. 국군은 빨갱이들이 피난민들과 섞여 도강할까 봐 총을 쏘기도 하고, 소이탄을 터뜨리면서 피난민들의 도강을 저지했다. 그러나 이 강을 건너면 살고 건너지 못하면 죽는다는 생각에 죽기 살기로 강을 건넜다.

(6) 죽을 고비를 넘기다.

어릴 적에 형님은 아주 귀하게 자랐기 때문에 부모님이 물가에 내 보내지 않아서 헤엄을 배우지 못했다. 그래서 아버님은 형님과 함께 이불 보따리를 어깨에 메고, 한 손으로는 소꼬리를 잡고 낙동강으로 들어섰다. 나는 어느 정도 헤엄을 칠 줄 알았기 때문에 그냥 강으로 뛰어 들었으나, 초등학교 6학년이 건너기에는 강이 너무 넓었고 물살은 몹시 도도했다. 개헤엄을 치다가 기진맥진하여 죽음 직전까지 갔었을 때 뗏목을 탄 아저씨가 나를 장대로 강가로 밀어내 주셔서 구사일생으로 낙동강을 건넜다.

 강 건너편에서 살펴보니 많은 사람이 도강을 하는데 처음에는 여러 사람이 보이다가 어느 지점에 다다르면 머리만 보이고, 나중에는 물속으로 속속 들어가는 것이 보였다. 아마도 많은 사람이 강물에 휩쓸려가지 않았을까 하는 생각이 든다. 우리 가족들도 다 죽었구나 하는 생각을 하면서 아버님을 찾고 있는데, 우리 것으로 보이는 이불 보따리가 강물에 둥둥 떠내려가는 것이 아니겠는가! 아버님과 형님이 다 떠내려간 것으로 생각하고 울면서 그 이불보따리를 따라가고 있었을 때 뒤편에서 아버님이 내 이름을 부르시면서 저기 형이 있으니 거기 가 있으라고 하시고 보따리를 건지러 가시는 것이었다.
 아버님이 낙동강을 건널 때 강이 너무 깊었기 때문에 이불 보따리를 내버리고 형님을 어깨에 메고 강을 건너신 것이었다. 다행히 어머니는 아기를 안고 있었기 때문에 뗏목 꾼이 뗏목을 태워 주어서 도강을 했다고 들었다.

이렇게 우리 가족은 집에서 소달구지에 바리바리 싣고 온 모든 물건들을 강가에 다 버리고, 소꼬리를 잡고 낙동강을 건넜다. 식량이나 옷가지 하나 없이 소 한 마리뿐인 그런 신세가 된 것이다.

그래서 아버님이 식구들의 식량을 위해 소를 팔기로 하고, 군인들에게 쌀 한 가마니와 소가죽 조금을 받기로 하고 소를 넘겨주었다. 그 쌀 한 가마니를 아버님이 지게로 지고 다니시면서 석 달간 우리 가족의 양식으로 삼았고, 소가죽은 간장에 쟁여서 장조림을 만들어 반찬으로 먹으면서 우리 가족이 생명을 부지할 수 있었던 것이다.

군위와 의성을 지나 팔공산을 끼고 돌아 영천을 향했다. 우리 경상도에서는 영천은 인상이 그리 좋은 곳이 아니었다. 예부터 "영천 장에 콩 팔러 간다."는 말이 있는데, 이 말은 영천 장에 콩 팔러 간 어떤 사람이 다시 돌아오지 못한 데서 유래하였기 때문에, 다시 돌아오지 못할 죽음의 길을 간다는 뜻으로 사용되고 있었기 때문이다.

피난 행렬은 수 ㎞나 이어졌고 수만(數萬)의 인파가 붐볐기 때문에, 그 혼란은 말로 표현하기 힘들 정도다. 낮에는 길을 가고 저녁이 되면 아무 데서나 천막을 치고 잤는데, 밤마다 가족을 찾는 부르짖음으로 온 산천이 떠나갈 지경이었다. 그래서 부모님이 기지를 발휘해서 우리 형제들에게 미숫가루를 조금씩 지니고 다니게 했다. 행여 서로가 헤어져도 며칠 동안은 굶어 죽지 말라고 생각해낸 방법이었다.

그리고 아버님의 지게에다가 긴 장대를 꽂고 거기에 우리만의 붉은 깃발을 매달았다. 아버지가 앞서가시면 우리 식구는 그 깃발만 보고 따라갔다. 그러나 인파가 너무 많기도 하고 비슷한 깃발이 많아서 내가 그 깃발을 놓치고 길을 잃어 부모님을 찾느라 얼마나 고생을 했는지 모른다. 너덧 시간 만에 부모님을 만났기 망정이지 그렇지 않았다면 속절없이 전쟁고아가 되거나 죽었을 것이다. 그래서 어떤 사람은 가족을 서로 줄로 엮어 길을 가기도 했으나 그게 온전하겠는가. 그래서 이산가족이 생긴 것이었다. 그렇게 가족을 잃고 밤이 새도록 서로의 이름을 부르는 소리로 잠을 이룰 수가 없을 지경이었다.

그렇게 산야나 개울가에서 밤을 지새우고 아침이 되면 다시 길을 걸어야 했으니 얼마나 고달프겠는가 말이다. 거기다가 아버님은 쌀 한 가마니를 짊어지셨으니 여력이 없으셨고, 어머님은 막냇동생을 업고 이불 보따리를 머리에 이고 다녔으며, 형님과 나도 각자의 등짐이 있었다.

그런데 문제는 바로 밑의 동생이었다. 여덟 살밖에 안 된 동생(낙문)이 그 고된 행군을 견디지 못하는 것이었다. 발이 너무 많이 부어서 고무신 위로 발등이 볼록하게 솟아올라 있었다. 걷지를 못해 울며 주저앉아 버리면 부모님이 야단을 치신다. 그러면 앞으로 가면 좋으련만 오던 길로 달아난다. 그러면 내가 따라가서 그 동생을 등짐 위에 올려서 업고 다니기도 했다.

지금 생각해보니 건천 조금 못가서 어떤 산속으로 간 것 같다. 며칠을 걸어 다다른 곳이 지금도 그 이름을 잊지 못하는 청도군 매전면 지전리 어느 개울가였다. 잘은 모르지만 걸어 다닌 거리가 천 여리는 될 것으로 짐작된다.

피난민들이 한 번 지나간 자리는 온통 전쟁터 같이 살벌한 쓰레기장이 되고 말았다. 메뚜기 떼와 같이 콩잎, 팥잎 등, 사람이 먹을 수 있는 푸성귀는 닥치는 대로 뜯어 먹었고, 아무데서나 대소변을 보았기 때문에 풀숲에 들어갈 수가 없었다. 아마 도로변 주민들은 간간이 도둑을 맞기도 했을 것으로 생각된다. 그 개울가에서 두어 달 넘게 있었던 것 같다. 그 지긋지긋한 피난민 수용소인 개울가에서 홑이불 텐트를 치고 산 것을 생각하면 몸서리를 친다. 날이 맑으면 그래도 괜찮지만 비라도 올 때면 홑이불 천막 안에선 이슬비가 내린다.

여러 날이 지나니까 소가죽 장조림도 떨어지고 반찬이라곤 소금을 물에 녹여 밥을 지을 때 함께 넣어두면 밥물이 넘어 들어가서 소금물 반찬이 되는데 그것을 먹고 살았다. 그렇게 항상 소금 반찬만 먹다 보니 영양실조가 말이 아니었다.

어느 날 어머님이 나를 데리고 길을 나섰다. 피난민들이 많지 않은 어떤 한적한 산골 마을에 가서 된장이라도 조금 얻어 올 요량이셨던 것이다. 어떤 골목을 지나는데 길가 가마솥에서 고깃국이 부글부글 끓고 있었다. 그 고깃국 냄새가 허기진 피난민들을 유혹하고 있었다. 어머님은 산후에 조리를 못한 데다가 무거운 짐을 이고 지고 다니다 보니 온몸이 퉁퉁 부어서 금방이라도 쓰러질 것만 같았고, 나도 몰골이 말이 아니었을 것이 분명하다. 나도 모르게 그 고깃국 가마를 하염없이 들여다보고 있었던 것 같다. 어머님이 길을 가시다가 되돌아와서 나의 손목을 잡고 끌고 가려 할 때였다.

왼팔에 "공용(公用)"이라는 완장을 찬 어떤 아저씨가 우리를 불러 세웠다. 가게 안으로 데리고 들어가더니 국밥 한 그릇을 사 주시면서 먹고 가라는 것이었다. 우리 모자가 허겁지겁 맛있게 먹는 것을 본 아저씨는 자기가 먹던 국물까지 우리 그릇에 부어 주면서 피난 잘하고 가라고 당부하시는 것이었다. 정말 고마운 마음에 어머님이 그분의 이름을 물었지만 "피난만 잘하고 가면 되지 이름은 알아 뭘 합니까?" 하고는 가버리는 것이었다. 나는 그 이름 모를 아저씨를 위해 수없이 기도해왔고 지금도 그 아저씨와 그 가족을 축복해 달라고 기도하고 있다.

그길로 어느 한적한 산골동네에 이르렀다. 이 집 저 집 다니면서 된장을 구걸했지만 문전박대를 당하기도 하고 쫓겨나기

일쑤였다. 날이 저물어 어떤 집에 들어가 사랑채 툇마루에서
라도 좀 자고 가기를 청했더니 허락해 주어서 저녁도 굶은 채
잠을 청했다. 사랑채 툇마루에서 가마니를 깔고 덮고 어머니
와 그 밤을 지새웠다. 그때가 양력으로 9월 중순 경이였다고
생각되는데, 얼마나 추웠던지 잠을 이룰 수가 없었다. 소쩍새
는 밤을 새워 "소탱", "소탱" 하고 울어대고 있었다. '저 새도
우리 모자처럼 추워서 잠을 이루지 못 하는구나! 아니, 솥이
탱탱 비어서 저렇게 우는가 보다' 라는 생각을 하기도 했다.
그날 밤은 내가 경험해 보지 못한 길고 긴 밤이었다. 드디어
먼동이 틀 때 어머님이 일찍 일어나서 그 집 부엌에 들어가
시중을 들었다. 그랬더니 그 집에서 시래깃국에 밥 한 그릇을
주는 것이었다. 그리고 그 집에서 묵은 된장을 조금 주셔서
고맙다는 인사를 수없이 하면서 발길을 옮겨 피난민 수용소
천막으로 돌아온 기억이 난다.

(7) 귀환 명령이 떨어지고

인천 상륙작전이 성공하고 수도를 탈환한 뒤, 귀환 명령이
떨어진 것으로 기억된다. 또 되짚어 밀양역까지 걸어가 기차
를 타고 집으로 돌아가려 했지만, 역마다 인산인해를 이루어
기차를 타는 것도 천운이어야 했다. 기차 시간이 정해져 있는
것도 아니고, 마냥 기다렸다가 기차가 떠난다고 기적소리를

내면 부랴부랴 짐을 챙겨 기차에 올라타야 했다.

밥이 부글부글 끓는데도 기적소리가 나면 밥물을 쏟아내고 짐을 챙겨 기차에 올라야 했다. 대부분이 여객열차가 아니라 짐을 싣는 곡간이었고, 기차 지붕 위에도 발 디딜 틈이 없을 정도였다. 그 때는 석탄 기차여서 조금 오래 기차를 타고 있거나 터널이라도 지나고 나면 누구나 할 것 없이 검둥이가 되어 하얀 눈만 껌뻑거렸다.

왜관역까지 와서 또 기차가 멈춰 서고 말았다. 아버님이 부모님 걱정에 더 이상 기다리고만 있을 수 없다고 하시면서 혼자 걸어서 김천으로 떠나셨다. 남은 우리 식구는 배가 고파서 기차를 기다리는 동안 밥을 지어 먹으려 했다. 여기저기서 나무 조각을 주어다가 밥을 하기 시작했으나 나무가 모자라 밥이 되지 않았다. 생각다 못해 버려진 고무신짝을 갖다가 불을 붙였더니 연기가 온 천지를 뒤덮었고 난리가 났다. 그때 기차가 떠나려고 해서 밥물을 쏟아 버리고 다시 짐을 꾸려 기차를 탔던 것으로 기억된다.

아버님이 지고 다니셨던 빈 지게를 기차 옆에다가 매달고 기차 지붕에 올랐더니, 많은 사람들이 왜 빈 지게를 버리지 않느냐고 성화였다. 그 지게가 어떤 지게인가? 석 달 동안 아버님께서 쌀가마니를 지고 다니시면서 우리를 먹여 살린 그

38

지게가 아닌가! 그래서 아버님의 분신과도 같은 지게를 도저히 버릴 수가 없노라고 우기며, 겨우겨우 대신역에 당도했다. 그러나 또 멈춰선 기차가 언제 떠날는지 모르는 상황이었다. 더 이상 기다리고만 있을 수 없어 우리 가족들도 기차를 포기하고 걷기로 하였다.

걷고 또 걸어서 김천에 도착하니 늦은 밤이었다. 김천에 들어서서 감천(甘泉)을 건너자마자 지금의 황금시장(그 당시엔 아래 장터라고 함)에 도착해 보니, 타작마당에 보리와 같이 하나도 성한 건물이 없을 정도로 파괴되어 있었다. 김천시가지를 가로질러 우리 집까지 또 5㎞ 정도를 더 걸어서 집에 당도해보니, 우리 집은 기관총 구멍이 숭숭 뚫려 있긴 했지만, 부서지지 않고 그대로 있었다. 할머니께서 우리를 위해 쌀밥에 맛있는 반찬을 만들어 놓고 기다리고 계셨다.
공교롭게도 이 날이 음력 8월 29일로 바로 내 생일이었다. 모처럼 할머니가 지어 놓으신 쌀밥을 먹고 방에서 잠을 잘 수 있었으니 그 밤이 얼마나 행복했겠는가!

그래서 나중에 할머니에게 "빨갱이들이 정말 빨갛더냐?"고 물었다. 할머니께서 하시는 말씀이 "다 우리와 같은 사람이더라. 우리를 노인이라고 잘 대우해 주더라."고 말씀하셨다. 그러나 여전히 밤이나 낮이나 B29폭격기가 우리 집 지붕 위를 날았고, 고향으로 돌아가는 수많은 피난민들과 보국대원들이 온 동네를 돌며 구걸을 하고 있었다. 밤잠을 자고 나면 길거리에서 주검들이 보이곤 했다. 그 주검들을 냇가 기슭에 묻곤 했는데 나중에 보면 그 곳만 풀이 무성하게 자라나 있는 것을 볼 수 있었다.

앞에서도 말한 바와 같이 강을 건널 때 아무것도 가지고 가지 못하고 소 한 마리를 몰고 강을 건넜던 그 소가 다른 사람의 배냇소였기 때문에, 피난 후 그로 인해 논 800평을 고스란히 빼앗기고 말았다. 소 주인에게 소를 다시 사 주겠다고 했지만, 기어코 논을 내놓으라고 해서 어쩔 수 없이 논문서를 내 주고 말았다. 아버님께서 하시는 말씀이 "그 소가 아니었다면 우리 식구가 피난살이에서 살아남지 못했을 것 아니냐"고 하시면서 그냥 논문서를 내주자고 하셨다. 논 800평을 팔면 아마도 소를 대여섯 마리는 살 수 있었을 것으로 여긴다. 하도 억울해서 나중에 내가 장성하면 이 원수를 꼭 갚겠다고 다짐했으나 목사가 되었으니 그러지도 못하고 오늘에 이르렀다.

나중에 들은 이야기지마는 그렇게 악착스럽게 남의 재산을 탐했던 그 가정도 천년만년 누리지 못하고 비참하게 되었다는 소문을 들었는데, 고소하다는 생각보다는 왠지 씁쓸하고 안타까운 마음이 앞서는 것이었다.

이렇게 논 너마지기까지 빼앗기고 3개월이 넘도록 죽을 고생을 다하며 피난을 했는데, 얻은 것은 산후조리를 못해서 생긴 어머님의 부인병과 한 장의 "피난 증"이었다. 그 "피난 증"을 무슨 보물이라고 오래오래 간직하고 있었던 것을 생각하면 쓴웃음이 절로 난다. 피난 증! 그것은 곧 "고생 증"이었다.

(8) 외갓집 나들이

옛날에는 교통수단이 발달하지 못해서 웬만하면 걸어 다녔다. 형님도 중학생 시절 우리 집에서 지례면 상부리에 사시는 고모님께 드리려고 염소 한 마리를 끌고 가셨다는데, 염소가 고분고분 따라오지 않아 끌고 가느라 어깨가 다 벗어졌다는 이야기를 나중에야 들었다. 그 때는 50리라고 생각하고 걸었는데 지금 거리를 측정해 보니 28㎞나 된다.

나도 피난을 다녀온 그해 늦가을에 외할머니와 함께 외갓집 나들이를 했다. 김천 우리 집을 떠나 추풍령 근처 미군들이 주둔한 부대를 지나가게 되었다. 철조망 옆을 걷고 있는데, 알록달록한 종이에 쌓인 이상한 물건을 하나 주웠다. 껍질을 벗겨보니 검은 색깔의 말랑말랑한 물건이 나왔다. 무엇인지를 알 수 없어서 망설이고 있는데, 외할머니께서 말씀하시기를 "내가 먼저 조금 먹어볼 테니 내가 죽거든 너는 먹지 마라."고 하시곤 조금 떼어 잡수셨다. 조금 후에 "맛이 괜찮으니 너도 먹어봐라."고 하셨다. 그래서 먹어 보았더니 익숙한 맛은 아니지만 먹을 만했다. 나중에야 알았지만 초콜릿이었는데 그때는 알 리가 없었다. 점심도시락도 싸가지 못했으니 그것으로 허기를 때우고 계속 길을 걸었다.

가다가 또 배가 고프면 벼 이삭을 훑어 그냥 입에 넣고 질근질근 씹어서 곡기를 빨아먹은 다음 찌꺼기는 뱉곤 했다. 그리고 길가에 있는 감을 따 먹으면서 허기를 달래고 하루 종일 걸어 외갓집에 도착하니 해 동무를 했다. 김천시 삼락동에서 충북 모동면 중모리까지 그 때는 70리라고 생각하고 걸었는데 지금 찾아보니 40㎞가 넘는 거리다.

외갓집은 오두막집 두 채밖에 없는 아주 외딴 산골이었다. 뒤로는 병풍처럼 산이 감싸고 있었고, 앞에는 호수 같은 강이 흐르고 있었다. 그 때는 강처럼 여겼지만 지금 보니 폭이 20m쯤 되는 계곡이었다. 외갓집은 전형적인 명당이라고 하는 배산임수(背山臨水)의 집터였다. 강 건너편에는 조그마한 암자 하나가 있었는데 그 암자의 스님 아들이 외삼촌의 친구여서 조그마한 배를 타고 노를 저어 찾아오곤 했다. 저녁때가 되면 노을이 붉게 물들고 물고기들이 수면을 차고 올라왔다가 떨어지면 파장이 멀리 퍼져나갔다. 밤이면 암자의 풍경소리가 온 산천에 은은하게 메아리치는 목가적 풍경이었다. 외삼촌의 성함이 장수(長壽)라고 기억하는데, 그 장수라는 이름

도, 배산임수(背山臨水)의 환경도, 사람 수명(壽命)을 담보해
주지는 못하는 듯 몹쓸 병에 걸려 일찍 돌아가셨다고 들었다.

(9) 흉년에 불어난 식구

정확한 시기와 상황은 잘 기억할 수 없지만 대구 근처 경산
안심면에서 면장으로 계시던 태자 석자 숙부님께서 상처(喪
妻)를 하셨던 것으로 기억한다. 그래서 숙부님이 사촌 여동생
셋을 데리고 우리 집에 갖다 맡기셨다. 경숙이는 열 살쯤 되
었고, 경복이는 여섯 살, 경원이는 세 살 정도였던 것으로 기
억한다. 우리 식구만 해도 여덟 식구나 되는데다가 세 식구를
더 보태 놓았으니 가정 형편이 말이 아니었다. 어쩔 수 없이
초근목피로 죽을 끓여 연명해 나가야 할 정도였다.

먹는 풀이라고 해봐야 쑥밖에는 몰랐던 터라, 동민이 모두
나서 산천을 헤매며 쑥을 뜯으려 했으나 쑥을 찾는다는 것이
보통 어려운 것이 아니었다. 그러나 우리 집은 소달구지가 있
었기 때문에 직지사 계곡까지 가서 쑥을 뜯어 오곤 했다. 그
쑥으로 버무리를 해 먹었다. 그뿐이 아니라 소나무 속껍질로
송구 떡을 해 먹으면 대변을 보기가 여간 어려운 것이 아니었
다. 변비가 심하면 부모님이 젓가락으로 아이들의 변을 파내
야 할 때도 있었다.

몹시 어려운 형편임을 아신 숙부님께서 경복이를 김천에서
는 꽤 유명한 사람의 집에 양녀로 주기로 했다고 하시면서 데
리고 나가셨다. 양가의 형편이 얼마나 곤란했는지를 짐작게
하는 처사였다. 부모님을 비롯한 우리 식구는 경복이를 어디
로 보냈는지도 몰라 안타까워하고 있을 때였다.

그 때는 내가 중학교에 진학하지 못하고 집에서 아버님을
도와 농사를 짓고 있을 때인데, 가끔 산에 가서 나무를 해다
가 김천 평화시장에 내다 팔곤 했었다. 어느 몹시 추운 겨울
새벽이었다. 그날도 십리 길이나 되는 평화시장에 나무를 진
열해 놓고 살 사람을 기다리고 있었다. 내 나무를 사겠다는
어떤 아주머니를 따라갔더니 그 집에 여동생 경복이가 있었
다. 그 집은 나중에 안 일이지만 문종두라는 국회의원 집이었
다. 얼마나 안타까웠는지 눈물을 흘리면서 집에 왔으나 어떻
게 집까지 왔는지 모를 정도였다. 그리고 집에 와서 보니 주
머니에 나뭇값으로 받은 돈이 없었다. 틀림없이 나뭇값을 받
기는 했지만, 사촌 동생을 보고 난 다음 경황(驚惶) 중에 허술
하게 관리하였기 때문에 주머니에서 빠져나간 것이라 여긴다.
그래서 어머님께 상세한 말씀 드렸더니 어머님께서 말씀하시
기를 "굶어 죽어도 우리 집에서 같이 죽자"고 하시면서 사촌
여동생을 데리고 오고 말았다.

그 후 경복이 동생이 이상한 증세의 병을 앓았다. 방에 잠을
재워 놓으면 자다가 일어나 천연스럽게 밖으로 나다니는 것

이다. 지금 생각하면 몽유병이라는 것이다. 그 사촌들이 갑작스럽게 어머니를 잃고, 생소한 환경인 큰집에 와 있을 뿐만 아니라, 양녀로 보내지는 이런 과정에서 얼마나 스트레스를 받았으면 그랬겠는가를 미루어 짐작하고도 남는다.

그 후로도 정확하지는 않지만 약 3년 정도 더 우리 집에 머물렀던 것으로 기억한다. 그러나 자세한 내용은 특별히 기억에 남는 것이 없어 안타깝기만 하다. 그 후 60여 년의 세월이 흐르는 동안 사촌이지만 지금까지 친형제와 다름없이 지내왔다. 이 사촌들 중 첫째인 경옥은 그 남편이 일본 영사로 있다가 지금은 은퇴하고 서울에 살고 있으며, 다른 형제도 모두 미국에서 뿌리를 내리고 잘 살고 있다. 이번에 우리 부부가 미국에 갔을 때도 경복이가 LA에 있는 우리에게 비행기 표까지 보내 주어서 시애틀까지 다녀왔고, 경원이도 여비에 보태라고 큰돈을 보내 주어서 미국 여행이 즐겁고 행복했다.

(10) 예수쟁이가 되다.

내가 교회와 관계를 맺은 것은 열세 살 되던 해였다. 형님이 먼저 교회에 나가셨는데, 나중에 형님으로부터 들은 이야기지만, 우리 집에서 형님이 교회 나가는 것을 가장 반대했던 사람이 바로 나였다고 한다. 그러나 형님이 그토록 열심인 교회라는 곳이 어떤 곳인가 하여 발을 들여놓은 것이다. 처음으로 교회에 나가 보았더니 별천지였다. 세상에서 맛보지 못한 사랑으로 가득했기 때문이다. 믿음이 있어서가 아니라 그 분위기에 휩싸인 것이 분명하다. 강대상에 서신 목사님을 보니 인간이 아니라 천사처럼 보였다. 그래서 그 자리에서 "하나님, 나도 저 사람처럼 목사가 되게 해 주세요."라고 기도했다.

그렇게 예배시간이 지나고 교회마당으로 나왔는데, 여순준이라는 여자 집사님(나중에 권사님)이 내 등을 두드려 주면서 "교회 나와서 고마워"고 인사를 하시는 것이었다. 그렇게 다정스런 말은 지금까지 들어 본 적이 없었기 때문에 그 때를 잊지 못한다. 그 때 그 여순준 집사님이 나중에 나의 장모님이 되실 줄이야 누가 알겠는가!

교회를 다닌 지 몇 달이 지나지도 않았는데 내 인생에 큰 전환기가 왔다. 초등학교를 졸업하고 진학도 못한 채 집에서 농사일만 하고 있을 수는 없었다. 부모님의 권유로 가내공업인 담뱃대를 만드는 소규모 공장에 기술을 배우겠다고 들어갔다. 일을 배울 때는 보수도 없이 자기 밥을 먹고 다니면서 일을 하는 데 적어도 3년 정도는 배워야 하는 코스다.

그 때는 절대 빈곤의 시절이라 먹을 것이 없어서 술도가(양조장) 앞에서 줄을 섰다가 술지게미를 얻어다가 사카린을 넣어서 먹었다. 술지게미를 먹으면 약간의 알코올 성분이 있기 때문에 기분이 좋아지기도 한다. 그리고 보릿겨로 만든 개떡도 많이 먹었는데 그런대로 먹을 만했다. 오래 보관하려고 햇볕에 말린 개떡은 얼마나 딱딱한지 깨물어 먹고 나면 입술이 터져서 피가 나기도 한다.

때로는 쌀겨를 끓여 먹었는데 쌀겨는 독성이 있어서 먹고 나면 하늘이 노랗다. 하늘이 빙빙 돌고 어지럼증으로 쓰러질 것 같아진다. 그런 조식(粗食)을 먹고도 기술을 배우겠다는 일념으로 먼지투성이인 공방에서 하루 종일 쇠망치로 놋쇠 덩어리를 두들겨야 했다. 주물을 녹여 본을 뜬 다음, 하루에도 수백 번, 아니 수천 번의 망치질을 해야 몇 개의 담뱃대가 완성되는 것이다.

그러다가 속절없이 늑막염이 걸려서 사경을 헤맬 때이다. 부모님도 너무 가난했기 때문에 어쩔 수 없이 나를 포기하신 듯, 뒷방에다 밀쳐놓았을 때인데 어느 수요일이었다. 교회의 종소리가 그날따라 유난히도 맑게 들리면서 가슴을 치는 것이었다. 이제는 저 종소리를 들을 수 있는 날도 그리 많지 않을 것이라는 생각을 하니 그야말로 뜨거운 눈물이 흘러 주체할 수가 없었다.

그 때 하나님께 이렇게 기도를 드렸다. "하나님. 만약 당신이 살아계신다면 오는 주일날 교회에 나가게 해 주십시오. 그러면 내 일평생 당신의 종이 되겠습니다."하는 기도였다.

그 당시 늑막염의 처방이라곤 손바닥 선인장을 찧어서 옆구리에 붙인 것뿐인데, 어찌 된 일인지 금요일이 되니까 열이 내리기 시작했고, 호흡도 조금 순조로워졌다. 토요일엔 자리에서 겨우 일어나 앉을 수 있었다. 그리고 시금치로 만든 반찬과 미음을 조금 먹을 수 있었다. 조금씩 기운을 차려 일요일에는 지팡이를 짚고 교회에 나갔다. 이것은 기적이었다. 그러나 그 후로도 기침을 몹시 했다. 지금 생각하면 결핵이었던 것이다.

나이가 꽤 들기까지 그렇게 기침을 많이 했던 것으로 기억한다. 기침 때문에 밤잠을 이루지 못했지만 어머님이 해 주시는 여러 가지 조약을 먹으면서 낫기만 기다렸다. 그러다가 청년이 되어서야 잘 아는 약사를 찾아가서 상담을 하고, 그의 처방대로 스트렙토마이신을 사다가 내 손으로 엉덩이에 주사를 하고 파스라는 결핵 치료약을 8개월 이상 먹었다. 목사가 될 몸이니까 아파서도 안 되고, 더군다나 죽어서는 더더욱 안 되었기 때문이다. 그때 앓았던 늑막염 자국이 요즘도 엑스레이 사진상에 분명하게 나오는 것을 보는데, 그렇게 죽을 고비를 무사히 넘기고 오늘까지 살아 있는 것은 하나님의 은혜라 여긴다.

이런 사건이 있은 후 어머님도 하나님을 믿게 되었고, 할머님까지도 하나님을 믿게 되었다고 생각한다. 그 후부터 나는 주의 종이 되지 않으면 화를 당할 것이라는 강박관념에 사로잡혀 어떻게 하든지 목사가 되려고 노력하였다.

옛날 아버님이 어린 송아지의 코를 꿰시는 것을 보고 너무 잔인하다고 생각했었다. 그러나 아버님의 말씀은 실기(失氣)를 하면 소도 더 고통스럽고 꿰기도 힘이 들기 때문에 어린 송아지의 코를 꿰는 것이라 하셨다. 이와 마찬가지로 하나님께서는 내가 아직 소년티를 벗기 전에 내 코를 꿰신 것이라고 생각한다. 그 때부터 하나님은 나에게 절대군주로 군림해 오셨다. 나는 그 때부터 내 자신의 주인이 아니었다.

그래서 내가 처음 발을 디딘 금릉교회는 내 생애에 거의 절반을 차지할 만큼 나와 연관된 교회가 되었다. 내가 태어난 지역에 있는 교회이기도 하지만, 전도사 시절에 한 번, 목사가 된 후에 또 한 번, 그렇게 두 번씩이나 목회를 한 교회이기 때문이기도 하다. 선지자가 고향에서 대접받기가 어렵다고 하신 예수님 말씀도 있지만, 내가 태어나고 자란 고향교회에서 4년씩 8년을 시무할 수 있었던 것은 하나님의 은혜였으며 나로서는 영광이 아닐 수 없다.

이 금릉교회에서 여러 명의 목회자가 나왔다. 내가 아는 대로 말하면, 형님이신 백낙기 목사님, 그리고 나, 서울에서 목회를 하신 백기환 목사님. 김화선 목사님이 모두 금릉교회 출신이다. 그리고 나는 한국기독교장로회(韓國基督敎長老會) 소속 목사가 되었다는 것이 자랑스럽고 다행한 일이라 여기며 늘 감사하고 있다. 물론 내가 선택한 것은 아니다. 고향에 소재한 교회에 출석하다 보니 자연적으로 기장인(基長人)이 되었지만 여기에도 하나님의 섭리가 있다고 확신하는 바이다.

3 학생 시절의 추억

(1) 주경야독

옛말에 "어릴 적 고생은 사서라도 하라"는 말이 있다. 이 말의 진정한 의미를 깨닫게 되기까지는 60여 년의 세월이 걸렸다. 내가 어린 시절에는 국가적으로나 사회적으로 매우 어려웠던 것이 사실이다. 36년간 일제의 수탈을 당하기도 했지만, 6.25전란을 겪은 터라 더욱 그러했다.

그래서 보릿고개라는 춘궁기에는 초근목피(草根木皮)로 연명을 하여야 했고, 영양가가 없는 죽, 그것도 국물로 배를 채우려 했지만, 결국 영양부족으로 각기병에 걸려 배가 올챙이 같은 아이들이 많았다. 그래서 아기가 죽는 것을 막아 보려고 콩밭 개구리를 잡아 먹이거나, 쥐를 잡아 구워 먹이기도 했다.

그럼에도 불구하고 나는 "목사가 되게 해 주세요"라는 기도를 계속하면서 하나님께 길을 열어주시기를 빌었다. 어떻든 3년 만에 10여리가 넘는 김천시 황금동에 야간 중학교가 생겼다. 지금 한일 중고등학교의 전신인 시온 중고등학교이다. 낮에는 아버님을 도와 농사일을 하거나, 철공소에 다니기도

하고, 산에 올라가 나무를 해다가 팔기도 하면서 밤에 학교를 다니면서 공부를 했다.

그 때는 산이란 산은 모두 민둥산이었기 때문에 우리 동네에서 배천(문당동)이라는 동리와 당꼴이라는 마을을 지나 표고 500m쯤 되는 구봉산까지 가도 나무라고는 구경조차 할 수 없었다. 그래서 그 구봉산을 넘어 고도 700m도 더 되는 내남산까지 가야 겨우 가랑잎이라도 긁어 올 수 있었다. 정확하게 계산할 수는 없지만 5~60리 길을 오가야 했다.

그것도 가끔 전 짐을 지는 때도 있었는데, "전 짐"이라는 것은 아예 지게를 두 개 가지고 가서 나무를 한 다음, 한 짐을 한바탕 내려다 놓고 다시 올라가 또 한 짐을 지고 오는 방법이다. 이왕 높은 산에 올라 간 김에 하루에 나무 두 짐을 하기 위해 취하는 방법이었다. 쉬는 시간이 따로 없고, 다음 짐을 지기 위해 걸어 올라가는 그 시간이 쉬는 시간이다. 그러면 결국 그 산을 두 번 오르내리는 꼴이 된다. 그렇게 고생하며 한 나무를 새벽시장에 갖다 팔았는데, 한 번은 너무 추워서 나뭇값을 주머니에 넣는다는 것이 잘 못 넣어서 헛수고를 한 날도 있었다는 것은 앞에서도 말씀드렸다.

때로는 목공소에 다니면서 하루 종일 망치질을 해가면서 학비를 조달하여 공부를 했다. 중학교를 다닐 때 일이다. 낮에는 건축현장에 가서 일을 했는데 식량이 절대적으로 부족할 때라, 아침에 미나리를 잔뜩 넣은 죽을 끓여 먹고, 어머님께서 그 죽을 조리로 건져서 바가지에다가 싸 주시면 공사장에 가서 일을 하다가 점심으로 먹곤 했다. 도시락에다가 싸면 물이 빠지지 않아 죽 그대로지만 바가지에 싸면 바가지가 물을 흡수하여 밥처럼 되기 때문이다.

고등학교 시절엔 풀무공장에서 쇳물을 다루는 일을 했다. 발등에 쇳물이 떨어져도 손에든 쇳물 항아리를 놓을 수가 없어, 그대로 살이 타는 냄새를 맡으며 견디어야 했다. 공장에서 일을 하다가 저녁 식사도 못한 채 또 학교에 가서 공부를 하고 십리 길을 걸어서 집에 도착하면 11시가 넘는다.

이런 때도 있었다. 학교에서 돌아올 때면 냇물을 건너야 하는데, 돌덩이로 징검다리를 만들어 놓았지만 물결에 징검다리가 꽁꽁 얼어서 어쩔 수 없이 맨발로 냇물을 건너야 한다. 그리고 집에 와서 보면 발이 얼음에 베여 신발에 피가 엉기곤 했다.

하루 종일 공장이나 사무실에서 꽁꽁 얼어붙은 발인데다가, 학교에서 공부를 하는 동안 약 4시간 이상 발이 얼고, 집으로 오는 시간을 합하면 거의 15시간 동안 발이 얼어 있는 상태가 된다. 그 언 발을 갑자기 따뜻한 방에 들어가 이불에 묻으면 발이 녹느라고 아프기 시작한다. 어찌나 아픈지 발을 붙잡고 뒹굴며 울어야 했다. 발이 다 녹은 다음이라야 저녁을 먹는다. 그리고 잠자리에 들면 12시가 넘는다. 그래서 그런지 모르지만 지금까지 나는 평생을 발이 시리다는 느낌을 받으며 살고 있다. 아무리 치료를 하고 약을 먹어도 낫지를 않는다. 요즘 말하는 "외상 후 스트레스증후군"이 아닐까 하는 생각이 들기도 한다.

학교에서 오는 길 건너편 신음동 쪽에 공동묘지가 있었는데 비가 온 다음 날이면 푸른빛이 번뜩이는 것을 보기도 하고, 때로는 늑대와 동행해 가며 밤길을 걸었다. 이렇게 말하면 늑대라니 무슨 소리냐고 하실지 모르나, 그 당시엔 우리 동네가 시내에서 한참 떨어진 한적한 시골이었기 때문에 늑대가 더러 나타나곤 했다.

내가 걸으면 늑대도 따라오고 내가 그 자리에 서면 늑대도 그 자리에 서 있곤 했지만 내 학구열을 막지는 못했다. 그래서 그런지는 몰라도 나는 밤길 두려움은 별로 없다. 목회를 하면서도 수시로 한밤중에 가까운 뒷산에 올라가 소리치며 울기도 하고, 큰소리로 기도를 하곤 했다. 한 번은 부산 근처에 있는 감림산기도원에 갔었는데, 부흥사라는 사람이 얼마나 쌍욕을 많이 하는지 도저히 견딜 수가 없었다. 그래서 비가 부슬부슬 내리는 밤중에 혼자 기도원 뒷산 꼭대기까지 올라가서 몇 시간을 기도하고 내려온 적도 있다.

그리고 사법서사 사무실에서 심부름꾼 노릇을 하기도 하고, 국회의원이셨던 심문 의원 집에서 심부름꾼 노릇을 하기도 했다. 심문 국회의원 집에는 내 또래의 여학생이 있었는데, 그 앞에서 학생 모자를 쓴 채 밥상 심부름을 했지만 "나는 목사가 된다."는 자부심 때문에 한 번도 부끄러워하거나 좌절해 본 적이 없다. 이렇게 닥치는 대로 일을 하면서도 6년 동안 결석을 한 번도 하지 않은 것으로 기억한다.

그렇게 晝耕夜讀을 한 야간부 6년은 나에게 있어 더할 수 없이 좋은 용광로와 같은 연단의 시기였으며, 오늘의 나를 있게한 초석이라고 믿고 오히려 하나님께 감사를 드리지 않을 수 없다. 지금도 가끔 그 시절로 돌아가고 싶어지는 것은 그 찬란한 꿈 때문일 것이라는 생각을 해본다.

하나님은 내 간절한 기도를 들으시고 기도의 응답으로 학교를 세우기도 하시고 폐하기도 하셨음을 믿는다. 중학교를 졸업하고 나면 그 야간 중학교가 없어지고, 다시 고등학교가 생겼으며, 고등학교를 졸업하고 나면 그 고등학교가 없어졌다. 그리고 내가 신학교를 졸업하고 나니 또 신학교도 없어지고 말았다. 지금 생각하면 나의 기도를 응답하시기 위해 학교를 세우기도 하시고 폐하기도 하셨음을 어떻게 믿지 않을 수 있겠는가 말이다. 그래서 내가 간직했던 그 꿈이 이루어진 것은 전적으로 하나님의 도우심이라고 확신하는 바이다.

그리고 다른 또 하나의 이유는 우리 어머님의 기도 덕분이 라고 믿는다. 어머님이 나중에 권사님이 되셨지만, 집사님이 셨던 때에도 형님을 위해서 100일, 나를 위해서 100일간씩 비가 오나 눈이 오나 교회 마룻바닥에 엎드려 기도하시면서 밤을 지새우곤 했던 열혈적인 신앙인이셨다. 어머님은 본래 불학이셨지만 교회에 다니면서 스스로 한글을 터득하셔서 찬 송은 물론 성경과 다른 소설까지 많이 읽으신 분이시다.

(2) 깡패 소굴로 쳐들어간 사나이

우리 집에서 약 4~5㎞쯤 되는 황금동에 소재한 야간학교를 다니자면 김천 역전을 통과하여야 하는데, 그 때는 얼마나 껄 렁한 친구들이 많은지 이곳저곳에서 나타나 우리를 괴롭히곤 했다. 공연히 시비를 걸고 마구 때리는 것이다.

이렇게 여러 번 당하다가 어떤 특단의 조치가 있어야겠다고 생각한 나머지 다른 친구 한 사람과 같이 깡패 소굴을 찾아가 기로 했다. 물론 서로 화해하고 잘 지내보자는 이야기를 하려 고 한 것이었다. 그들의 아지트를 물어물어 찾아갔더니, 껄렁한 친구들 십 수 명이 한 방에 모여 있었다. 그들은 아마 우리가 이렇게 담대하게 자기들의 아지트를 찾아간 것을 보고 무슨 특단의 방법이나 무기를 소지하지 않았나 하는 생각을 한 것 같았다. 그래서인지는 몰라도 우리를 따뜻하게 대해주고 융숭한 대접을 해 주는 것이었다. 서로 화해를 한 그 다음부터는 시비를 걸지 않았고 잘 지냈던 것으로 기억된다.

한 번은 이런 일도 있었다. 껄렁껄렁한 깡패 같은 젊은이들이 역 광장에다가 역기를 내다 놓고 서로 힘자랑을 하고 있었다. 나도 힘깨나 썼고, 집에서 틈틈이 역기로 다져온 터라 자신이 있었다. 그 역기의 무게를 지금 기억하지는 못하지만, 상당한 무게였던 것으로 기억된다. 운동을 했다는 그들도 그 역기를 들고 힘들어 하면서 두세 개 정도 하고는 내려놓는 것이었다. 학교에서 집으로 가는 길이라 학생복에 모자를 쓰고 있다가 윗옷을 벗고 슬그머니 들어가서 그 역기를 들어보니 만만했다.

처음에는 용상(聳上)으로 번쩍 들어 올렸다가 가만히 서서 인상(引上)으로 16번을 가뿐히 밀어 올렸다. 그것을 본 주변의 깡패들이 그 다음부터는 시비를 걸지 않았다. 때로는 힘자랑도 할 만했다고 여긴다.

비록 야간 중고등학교를 다녔지만 추억이 깃든 때였다. 전교 씨름대회가 열렸는데 체급도 없는 경기였기지만 내가 3등을 했다. 1, 2등을 한 학생은 100㎏이상 되는 거구였다. 아마 체급별이었다면 내가 일등을 했을 것이 분명하다.

그리고 김천시 종합운동회 때였다. 내가 대대장을 맡아서 주야간 학생을 다 포함하여 수백 명이나 되는 전교생을 지휘했다. 황금동에 소재한 학교에서 다수동 김천 고등학교까지 지휘봉을 들고 3㎞쯤 되는 거리를 앞장서서 시가지를 통과할 때 그 기분은 말로 표현하기 어렵다.

남녀 공학이었기 때문에 이런저런 이유로 나를 흠모하는 여학생들이 꽤 있었다. 지금은 그 이름조차 잊었지만, 어떤 여학생은 애틋한 눈길로 계속하여 나를 주시하면서 따라 다녔다. 교실에서도 따뜻한 눈길을 주었고, 내가 운동장에서 놀 때도 항상 나를 주시하는 것을 알 수 있었다. 그래서 나도 그 눈길을 의식하면서 잘난 체하려고 철봉에서 묘기를 부리다가 갈비뼈가 금이 갔지만 병원에 갈 엄두도 내지 못하고 그냥 견디었다. 그리고 내가 우리 반에서 신앙부장 직을 맡고 있었기 때문에 모범이 되어야 한다는 생각 때문에 그 여학생에게 농담 한마디 하지 못했고 그럴 시간도 없었다.

(3) 나의 첫 직분과 교회 건축

이 무렵으로 기억되지만 내가 고등학생이 되자마자 교회에서 학생회장이 되었다. 학생회장이라고 해봐야 1년에 두어 차례 헌신예배 드리는 것이 고작이었지만 말이다. 그 당시엔 다른 교회보다 비교적 젊은이들이 많았다. 형님 동년배들을 포함하여 2십여 명이나 되었고 나는 그 중에서 제일 나이가 어린 편이었다.

당시 건축기술자였던 김강호 장로님의 지휘하에 교회건축이 시작되었다. 그것도 흙벽돌로 말이다. 흙은 교회당 건축 현장에 많이 있었지만 그 흙을 찍어 벽돌로 만드는 것이 문제였다. 그해 여름 방학 때였는데 벽돌 틀을 손수 만들어 흙벽돌을 찍기 시작했다. 흙을 반죽하고 날라다가 틀에 넣고 찍어내는 일은 그리 쉬운 일이 아니었다.

그 때가 마침 우기(雨期)여서 하루에 4~500장씩 찍어 놓으면 비가 와서 벽돌이 다 물러앉아 버렸다. 그러면 그 무너진 흙을 다시 긁어모아 벽돌 찍기를 반복했다. 내가 지금 기억하기로는 그렇게 다시 찍기를 대여섯 차례나 반복하였던 것으로 기억된다. 그래도 굴하지 않고 계속 벽돌을 찍어 건평 60여 평에 준2층 교회당이 완성된 것이다. 나는 그 때 벽돌

찍는 기술자가 되어 이수천 담임목사님이 사택을 지을 때도 도움을 드렸던 것으로 기억한다.

교회를 건축할 때 벽은 벽돌을 종(縱)으로 쌓은 것이 아니고 횡(橫)으로 쌓아서 그 담 위로 인부들이 마음대로 다녔으며, 외부 벽에는 루핑이라는 기름종이를 대고, 그 위에 철망을 시공하였고, 또 그 위에 시멘트를 발랐기 때문에 단단하기가 쇳덩이 같았다. 흙벽돌은 물만 들어가지 않으면 집착력이 강해서 매우 단단하기 때문이다. 그렇게 완공한 건물이 금릉교회가 지금의 교회당을 건축하기 전까지 약 4~50년이 넘게 사용된 것으로 안다.

(4) 용문산 기도원에 가다.

아마 그해 여름 방학 때로 기억하는데 전국적으로 기도원 열풍이 불어서 추풍령 근처에 있는 용문산 기도원이 터져 나갈 지경이었다. 전국에서 몰려온 신자들이 추풍령에서 내려 30리쯤 되는 거리를 걸어가기도 하고, 두원역에서 내려 20여 리를 걸어서 기도원 집회에 참석하기도 했다. 나도 좀 더 깊은 은혜를 체험하고 싶어 용문산 기도원을 찾았다. 당시 나운 몽 장로가 원장이었는데 계시록 강해를 한 것으로 기억된다. 월요일 날 올라가서 토요일 날 내려올 때까지 빠짐없이 집회에 참석하면서 밤을 새워 성경을 읽었다. 내려올 때는 신구약 성경을 일독하고 내려올 수 있었다. 7~80시간만 투자하면 성경을 일독할 수 있다는 것을 그 때 깨달았다.

(5) 어떤 소녀와 사랑에 빠지다.

내가 야간 고등학교를 다니는 동안 우리 동네에서 야간 중학교에 입학한 여학생이 몇 사람 있었다. 대부분 1년도 다니지 못하고 중퇴하고 말았지만 한 소녀만은 그렇지 않았다. 그무렵 내가 고등학교 2학년 올라갈 때 중학생으로 들어와 2년을 함께 어둔 밤길에 동행한 여학생이 있었다.

매일 십리 길을 같이 다녔기 때문에 서로 정이 통했고 사랑으로 발전했던 것이라 여긴다. 나중에 들은 이야기지마는 매우 완고했던 그 부모님이 백낙원이와 함께라면 야간부에 가도 좋다는 허락을 받았다고 들었다. 그렇게 야간부를 다니면서 내가 그녀의 보디가드를 해준 셈이다.

그러다가 군에 입대를 하게 되었을 때 어느 날 그녀를 불러내어 뒷동산으로 갔다. 그 때는 손전화도 없었고 서로 접선을하기가 매우 어려웠다. 내가 취한 방법은 그 집 앞을 지나가며 손뼉을 치는 것이었다. 용케고 그 소리를 듣고 학생복 차림으로 나와 준 것이다. 달은 휘영청 밝았고 보리는 누릇누릇익어가고 있었다. 하염없이 달을 쳐다보면서 제대하고 집에올 때까지 이 마음 변치 말자고 수없이 맹세를 하고 다짐하면서 내가 차고 있던 시계를 기념으로 그녀에게 주었다.

군대 생활을 하는 내내 그 소녀를 그리워하면서 여러 가지 고난을 이겨냈다. 두 사람이 언제부터 사랑으로 발전하게 되었는지는 분명하지는 않지만 아마도 7년여를 사귀었다고 생각한다. 우여곡절 끝에 그 소녀와 결혼을 하였는데 바로 지금의 아내 박정자이다. 그 때 아내의 별명을 하닷사(Hadassah)라고 불렀는데, 별, 또는 천인화라는 뜻으로, 성경 에스더 2:7절에 나오는 에스더 왕후의 유대 이름이다. 몇 년 전에 금혼식을 했지만 사실 따지고 보면 우리는 이미 회혼이 되지 않았나 하는 생각을 해본다.

(6) 내 뜻대로 마옵소서.

고등학교를 졸업할 날이 가까워지고 있었다. 당시엔 목사님들이 존경의 대상이었지만 그 생활은 최저 수준이어서 패병에 걸린 목사님들이 많았다. 우리 모교회인 금릉교회를 시무하신 목사님의 사모님도 몹시 어려운 처지여서 심방을 갈 때 남이 보지 않는 곳이면 고무신을 벗어들고 가셨다는 소문도 들렸다. 그러고 보니 오랫동안 목사가 되게 해 달라고 기도는 했지만 나이가 들수록 목사라는 직분이 그리 좋아 보이지 않았다. 그리고 형님이신 백낙기(목사) 님이 서울 한국신학대학에 다니고 계셨기 때문에 가정 형편상 신학대학에 간다는 것은 불가능한 일이었다.

그래서 생각한 것이 국가에서 먹이고 재우면서 공부시켜주는 육군사관학교를 가야겠다는 생각이 들었다. 목사 다음 두 번째 꿈이 군(軍) 장성이 되는 것이었기 때문에 육군사관학교에 시험을 쳤다. 낮엔 직장생활을 하고 밤에 야간학교를 다녔기 때문에 실력도 모자랐지만, 요행을 바라고 한번 만용을 부려 본 것이다. 벼락치기 공부를 하느라고 며칠씩 밤을 새웠기 때문에 보통 피곤한 것이 아니었다. 시험 당일이 되었는데, 다른 시간은 그래도 견디었지만, 제 3교시인 영어시간에는 견디지 못하고 깜박깜박 졸고 말았으니 합격이 될 리가 만무다.

(7) 신학교에 입학을 하다.

그래서 다른 길이 있을까 찾아보았지만 희망이 보이질 않았다. 낙심이 되어 모든 꿈을 포기할까 하는 생각을 하고 있었을 때였다, 대구에 오태환 박사님이 설립한 한남신학교에 가면 "근로 장학생" 제도가 있다는 소식을 들었다. 그것을 철석같이 믿고 원서를 냈더니 합격은 하였지만, 그렇게 믿었던 근로 장학생은 이미 다른 학생들에게 돌아가고 자리가 없었다. 한 학기 등록금은 어떻게 마련하여 등록은 하였지만 다음 학기 등록금은 막막하였다. 그러나 갈 데까지 가보기로 했다.

그 때 신학교가 봉덕동 앞산 중턱에 위치했는데 건물은 허술했지만 목사가 다 된 것처럼 가슴은 벅찼고 늘 감사와 기쁨으로 가득했으며 입에선 찬송이 끊이지 않았다.

갓 신학교에 들어간 그 때 내가 많은 신학생들이 모인 자리에서 예언을 한 것이 하나있다. 그 예언이란 "앞으로 우리 교회가 극장처럼 될 것이라."고 한 것이다. 그랬더니 모든 학생들이 내게 손가락질을 해댔다. 교회가 어떻게 극장처럼 된단말인가? 그렇게 되면 말세라고 하면서 말이다. 그 당시엔 교회당에 신발을 신고 들어갈 수도 없었고, 의자에 앉는다는 것은 상상도 못했던 시대였기 때문이다. 우리 형님께서 결혼식을 올릴 때 거룩한 교회당에 신발을 신고 들어갈 수 없다고해서 맨발로 결혼식을 올렸으니 말해 무엇 하겠는가.

그러나 지금은 어떤가? 이제 극장처럼 되지 않은 교회가 어디 있는가? 내가 경주지방 나아교회에 시무할 때인데, 우리 경북 지방에서는 제일 먼저 대형 스크린에 파워포인트 프로젝트(project)를 이용하여 설교를 했었다. 그래서 충남 공주지방 목사님들이 단체로 견학을 와서 1박을 하고 가기도 했다.

그러나 내가 상상했던 한 가지는 아직 이뤄지지 않았다. 그한 가지란 극장에서처럼 교회당 앞에 그 주간의 설교제목을영화 제목처럼 현수막으로 내 거는 일이다. 나는 앞으로 그렇게 되리라고 믿는다.

지금까지 우리 한국교회가 처음엔 부흥회운동을 열심히 했고, 다음으로는 기도운동, 그 다음은 사경회운동, 그 다음으로는 각종 세미나가 많이 행하여지고 있었다. 지금 우리 한국교회는 찬양운동이 들불처럼 번지고 있지만, 얼마 후에는 온 교인들이 다 일어나 춤을 추면서 찬양하는 모습으로 변해 갈 것으로 확신한다.

다시 그 때로 돌아가 보면 불행 중 다행이라는 말과 같이 한 학기를 마칠 무렵 군 입대 소집통지서가 날아들었다. 옳거니 하고 군에 입대를 하였는데, 1959년 7월 중순으로 기억된다. 기차 출찰구에 서 있으면 내가 원하지 않아도 사람들에게 자꾸만 밀려 들어가는 것과 같이 그 어떤 손길이 나를 자꾸만 한쪽으로 밀고 있는 것으로 여겨졌다.

4 피 끓는 젊음

(1) 군대생활

　나라의 명령인지라 어길 수 없어 1959년 7월 어느 날 논산 훈련소에 입대를 하여 23연대 5중대 제3소대로 배치를 받았다. 23연대가 다른 연대보다는 군기가 엄했고 3소대는 더욱 그랬다. 소대장이 육군 사관학교 출신이라 군기가 칼날이라는 소문이 나 있었다. 당시 소대장님은 소위였던데 늘 활기찬 모습이었고, 소대장님의 눈에서는 빛이 나고 정기가 철철 흘러넘쳤기 때문에 그 눈을 바라보노라면 용기가 절로 솟았다.

　이때의 군대생활은 지금으로서는 상상을 불허하는 정도였다. 기간요원이라는 사람들이 별로 배운 것도 없어 보이는데도 너무 엄하게 하는 것이 아니꼬웠다. 그래서 분대장들을 모아놓고 회의를 했다. 저 기간요원들이 꼴 보기가 싫으니, 우리들이 자치제를 하자고 말이다. 분대장들을 대동하고 소대장을 찾아갔다. 우리가 자치제를 하겠으니 기회를 달라고 했다. 이게 있을 법이나 한 말인가! 그러나 소대장으로부터 허락을 받아냈다. 열흘 동안 기간요원들의 간섭 없이 자치를 하도록 말이다. 우리들이 자발적으로 한다는 것뿐이지 자치제는 더 어려운 것이었다. 전보다 더 일찍 일어나야 하고 더 깨끗해야 하고, 더 완벽해야 하지만, 누구의 간섭도 받지 않는다는 것이 좋았다. 그렇게 열흘이 지난 후 우리는 소대장의 칭찬과 합격 판정을 받아 냈다.

소대장이 늘 하시는 말씀은 "당당 하라." "절대 기죽지 마라."는 것이었다. 우리 3소대가 행군을 할 때 다른 소대가 고개를 돌리지 않고 그냥 마주 바라보고 옆을 지나가면 상대편 선두를 M1 개머리판으로 찍었다. 그 후의 책임은 소대장이 다 진다고 했기 때문이다.

더위가 한창 기승을 부렸던 때라 연병장에서 훈련을 받다가 쓰러지는 훈련병들이 가끔 생기기도 했던 것으로 기억한다. 그렇지만 23연대 5중대 제 3소대라는 자부심을 가지고 훈련을 무사히 마쳤다.

부산에 있는 모 보충대로 갔다가 다시 광주에 있는 어떤 보충대로 배속을 받았다. 그날 밤 어떤 기간(基幹) 병이 무슨 잘못을 저질렀는지는 모르나, 상급자에게 곡괭이 자루로 피가 터지도록 맞는 장면을 보았다. 맞은 병사가 밤새도록 끙끙 앓으며 잠을 이루지 못하는 것을 보았다. 그래서 내가 대야에 찬물을 담아다가 밤새도록 수건찜질을 해 주면서 군대라는 곳이 이런 곳이구나 하는 생각을 하기도 했다. 그 이후로 나는 절대로 남을 때리는 짓은 않겠다는 다짐을 하곤 했다.

며칠 후 전남 광주에 있는 31예비사단 중포중대로 배치를
받았다. 중대라고 해도 예비사단이기 때문에 기간요원이라고
는 중대장, 부관, 선임하사, 그리고 열댓 명 남짓한 정도의 대
원이 있을 정도니 아주 가족적인 분위기였다.

그러나 처음 배속을 받은 졸병이 교회에 나가는 일은 그리
쉬운 일이 아니었다. 상급자들이 일거리를 주면서 교회에 가
지 못하게 방해를 하였기 때문이다. 상급자가 준 그 과제를
충실하게 이행하기도 했지만, 그 일을 다 하지 못할 때라도
다녀와서 맞을 각오로 교회에 나갔다. 그러니까 모든 상급자
들이 저놈은 어쩔 수 없다는 생각을 했든지 교회 나가는 것을
막을 생각을 안했다.

(2) 군에서의 교회생활

전남 광주 31사단은 영밖에 군인교회가 있었는데 민간인들
도 함께 예배를 드렸다. 민간인이라 해야 군인가족들과 청년
몇 사람뿐이었다. 교회에 나오는 군인들 중에 세 사람의 신학
교 중퇴자가 있었는데, 군목이 이 세 사람에게 각자 직임을
맡겼다. 한 사람에게는 찬양 지휘를, 또 한 사람에게는 장년
찬송 인도를 맡겼고, 나는 주일학교 담당자로 임명하였다. 각

자 자기의 맡은 소임을 비교적 잘 감당한 것으로 생각된다. 나도 최선을 다했다. 주일학교를 전체를 담당했지만 동시에 유치부 교사직도 맡아 어린이들을 가르쳤다.

그 당시 31사단 사단장이 김안일 준장이셨는데 장로님이셨다. 군대 계급으로 말하면 감히 쳐다보기도 힘들지만, 교회의 장로님이셨기 때문에 불편사항을 부탁드리곤 했다. 그 중 하나인데 교회가 영외에 있기 때문에 교회에 나올 때마다 외출증을 끊어야 하는 번거로움이 있다고 말씀을 드렸더니, 전 사단에 명을 내려서 성경찬송을 손에든 병사들은 외출증이 없어도 출입을 자유롭게 하라는 것이었다.

누구의 명이라고 거역하겠는가! 위병소를 지나갈 때 성경찬송을 보이면 무사통과였다. 성경 찬송을 들고 부대를 나와서 무엇을 하겠는가? 주일학생들 가정심방을 하기 위해 동리로 나가면 온 동리가 들썩였다. 백 선생님이 오셨다고 학생들이 십 수 명씩 뒤를 따르고, 가정에 가면 좋은 음식들을 대접하려고 애를 썼다. 칙사 대접을 받은 것이다. 그 결과 유치부 내 반 어린이만 46명이었고 전체 교회학교 어린이는 백 명이 넘었던 것으로 기억한다.

(3) 백 소위가 되다.

그렇게 편하게 교회생활을 했지만 내 성격상 졸병생활은 따분하기 짝이 없었다. 그러던 어느 날 "간부후보생 모집"이라는 광고를 보고 장교가 되겠다는 결심을 하고 응시를 하였다. 우리 사단에서 13명이 응시를 하였는데, 1차 시험과 면접에 합격한 사람은 나 혼자뿐이었다고 들었다. 그래서 그 사실을 아는 모든 장, 사병들이 그 때부터 나를 "백 소위"라고 부르기 시작했다.

그래서 간부후보생으로 입소할 날만 기다리고 있었는데, 어느 날 불합격 통지서를 받은 것이다. 그 이유를 알고 보니, 신원조회가 나왔을 때 어머님께서 만주에 숙부님이 한 분 계신다고 말씀했기 때문에 사상을 의심하여 불합격 판정을 한 것이었다. 그렇게 고생하여 얻은 피난 증도 아무 쓸모가 없었다.
숙부님가족이 만주로 간 이유는 이렇다. 일재시대 때 독립운동을 하다가 일경에게 잡혀 모진 고문을 받고 구속 수감되어 2년이 넘게 복역을 하셨다. 죄목은 치안유지법 위반인데, 당시 예배당을 중심으로 농민위원회를 조직하고 일제에 대한 항거 활동을 하셨던 것이다.
그래서 곧 만주로 떠나 역시 독립군을 돕고 농사를 지으면서 사셨다고 들었다. 그런데도 우리 정부는 숙부님이 빨갱이 사상을 가지고 만주로 이주한 것으로 오해하고 나를 불합격

시킨 것이었다.

그 당시에는 장교가 되지 못한 것이 억울하고 몹시 안타까웠지만, 지금 생각하면 그 때 간부후보생이 되지 못했기 때문에 내가 목사가 되었고, 오늘에 이르렀다는 것은 하나님의 섭리로 여기고 감사할 따름이다. 비록 간부후보생이 되지는 못했지만, 그 후로 내가 제대를 할 때까지 늘 "백 소위"로 불리며 장교 아닌 장교 생활을 했다. 하나님이 장교가 되겠다고 떼를 쓰는 내 두 번째 소원을 아시고 소위라 불리게 해 주셨던 것이라 믿는다.

(4) 중대장님의 카메라 분실 사건

예비사단인지라 예비군이 들어오면 완전한 중대가 되어 200여 명이 넘게 북적댄다. 중포 사격훈련을 위해 사격장에 나갔는데, 중대장께서 카메라를 잃어버린 것이었다. 부관이 기간 병 전원을 집합시켰다. 기간 병들 중에 누군가가 중대장의 카메라를 훔쳐 갔을 것이라고 말하면서 카메라가 나올 때까지 중대원에게 기합을 주는 것이었다.

중대원이 모두 모였는데, 부관이 큰 소리로 "백 소위! 이리 나와" 하고 나를 불러냈다. 가슴이 철렁 내려앉았다. 그런데 "너는 저 밖에 나가 있어"라고 말하고는 나머지 중대원을 무자비하게 구타를 했던 것으로 기억한다. 온갖 핍박 속에서도 교회생활을 열심히 한 덕택으로 신임을 받아 기합에서 제외된 것이었다. 부관마저도 내가 교회 다니는 것을 못 마땅히 여겼으나, 그래도 신앙생활을 철저히 하는 것을 보고 감명을 받은 것으로 이해된다.

(5) 열세 살 소녀와 하룻밤을

어느 날 하루는 내가 김천 출신이라는 것을 알고 부관이 나를 불렀다. 부관의 부탁은 자기가 잘 아는 과부의 아들 형제가 김천의 모 고아원에 있다는 소문을 들었는데, 좀 찾아서 데려다 달라는 것이었다. 휴가를 받아 집에 와서 김천에 있는 고아원들을 두루 찾아다니다가 모 고아원에서 그 형제를 찾았다. 그 소식을 가지고 광주시내 모처에 산다는 그 부모를 찾아 나섰다. 주소는 있지만 워낙 빈민촌이고 갈레길이 많아 한나절 내내 찾아다니느라 발병이 나서 지팡이를 짚고 다녔다. 그 집을 찾고 보니 과부의 몸으로 삼 남매를 길렀는데, 위로 두 형제가 가출을 하여 김천까지 갔다는 것이다. 그 과부는 아들 둘을 찾았고 나는 그 가정과 인연이 맺어졌다. 나는 그 여인을 이모라고 불렀고, 가끔 외출이라도 하는 날이면 외식을 시켜주기도 하고 잠까지 재워 주었다.

처음에는 내가 가는 날이면 네 식구가 모두 안집에 가서 자고 나 혼자 자도록 방을 비워 주곤 했다. 그러나 나중에는 그 안집 방이 좁아서였는지 모르지만 13살 된 여아를 내 방으로 보내 같이 잠을 자게 하는 것이었다. 지금에 생각하면 내가 너무 염치없는 짓을 했구나 하는 생각이 든다.

남자아이들을 다 내버려 두고 왜 13살 여아를 내방으로 보냈을까? 그 여아가 나를 무척 좋아했기 때문에 자청했는지도 모르지만, 그 이유에 대해서는 지금까지도 궁금증이 풀리지 않는다. 한편 생각하면 나를 얼마나 믿었으면 그리했으랴 하는 생각을 하기도 한다.

그 밤에 그 열세 살짜리 여아가 무엇을 얼마나 알았는지 모르지마는, 자기가 무슨 성모 마리아라도 되는 듯 "나를 뜻대로 하셔요."라고 말하는 것이었다. 어떻게 그 어린 여아에게 이성적으로 나쁜 맘을 품을 수 있느냐고 나를 꾸짖어도 할 수 없다. 군인이라는 특수상황 때문인지는 모르나 그 밤은 정말 길고도 긴 밤이었다. 그러나 나는 맹세코 그 여아에게 아무 짓도 하지 않았다. 이모의 믿음을 배신하고 싶지도 않았고, 또 그동안 사귀어온 애인(지금의 아내)과의 약속을 배신할 수가 없었으며, 가장 큰 이유는 목사가 될 몸을 더럽히고 싶지 않았기 때문이다. 그래서 나는 진짜 오누이처럼 이마에 뽀뽀 한 번 해주고 고이 재웠다.

(6) 33세까지만 살게 하소서.

군대생활 후반기 내내 어딘가 모르게 몸이 안 좋아 고생했다. 얼굴은 아주 보기가 좋았고, 몸도 건장했지만 두 시간 이상 한자리에서 근무를 할 수가 없었다. 사무실에서 사무를 보다가도 두어 시간만 지나면 견디지 못하고 내무반에 들어가 누워서 쉬다가 다시 나와서 사무를 보곤 했다. 그래서 광주시내의 어떤 종합병원을 찾아 진찰을 하는데, 독일의사 한 사람과 한국인 의사 두 사람, 모두 세 사람이 나를 발가벗겨 놓고 진찰했으나 병명을 찾아내지 못했다. 그러다가 제대를 하게 되었는데, 집으로 오는 버스에서부터 하나님께 이렇게 기도했다. "하나님! 나도 예수님처럼 33살까지만이라도 살게 해주세요"라고 말이다. 그래야 장가라도 한 번 가보고 죽어야 하지 않겠습니까? 라는 기도를 했었다. 그러나 지금 생각하면 얼마나 이기적인 기도였던가 싶어 웃음이 절로 난다.

제대를 한 다음 교회당에서도 줄곧 그렇게 기도했다. 그런데 하나님께서 내 기도를 들으셨는지 언제부터 그 병이 나았는지도 모르게 증세가 사라졌고, 지금은 서른세 살이 아니라, 팔순(八旬)이 되었으니 나의 지금의 삶은 하나님이 덤으로 주신 선물이라고 믿는다.

5 방황의 시간들

(1) 다른 길을 모색하다.

군에서 33개월을 복무하는 동안 가만히 생각해 보니 목사라는 직이 그렇게 좋아 보이지 않았다. 그래서 다른 길을 모색하기로 하였다. 꼭 목사가 아니더라도 장로가 되어 하나님과 교회를 섬기면 될 것 아닌가라는 생각을 했기 때문이다. 그러려면 어느 정도 재력(財力)이 있어야 될 것 같아서 열심히 돈을 벌어야 한다고 생각했다. 제대할 무렵 군에서 책을 보고 연구한 느타리버섯을 재배하기로 마음먹었다.

제대를 한 후 집에 돌아와서 논둑 밭둑에 선 미루나무를 베어다가 30㎝ 정도로 잘라 종균을 삽입하고 땅에다가 묻어 두었다. 정성을 기울여 습도를 맞춰주고 5~6개월 동안 관리하였더니 느타리버섯이 우후죽순처럼 올라왔다. 그런데 버섯은 순조롭게 자랐으나 판로가 문제였다.

김천 평화시장에 가지고 나갔더니 아무도 사는 사람이 없었다. 그 때가 1962년도인데 버섯에 대한 일반적인 상식이 부족했던 터라 이게 독버섯 아니냐고 묻기만 했고 소비가 잘되지 않았다. 보관도 문제였다. 그래서 비닐로 포장을 하여 대전까지 가지고 갔더니 김천 보다는 잘 팔렸다. 그러나 차비를 제하고 나면 별로 소득이 없었다. 그리고 버섯이라는 것이 일년 내내 생산이 되는 것도 아니고, 비닐하우스 같은 시설은 생각지도 못했던 시절이라, 버섯 재배로 생계를 유지할 수는 없다는 판단을 했다. 버섯재배를 포기하고 장사를 하여야겠다는 생각하고, 과일 장사를 비롯해서, 각종 곡물 장사도 해 보았으나 오히려 손해만 보는 경우가 한두 번이 아니었다.

(2) 밤중의 데이트

그렇게 제대를 한 후 집에 있을 때인데 이웃에 사는 어떤 아가씨가 "나는 어쩌라고" 하면서 온갖 교태를 다 부렸지만 나는 차라리 돌부처였다. 그 후 어느 날 그 아가씨가 내게 매달리며 "차라리 나를 죽여 달라"는 것이었다. 그래서 그 아가씨를 매달고 3㎞쯤 되는 산길을 오르기 시작했다. 어디를 가느냐고 물었지만 손목을 단단히 잡고 계속해 산을 올랐다. 그 아가씨는 정작 나의 과감한 행동에 질려 있었고, 두려워하는 눈치가 역력했다. 드디어 산 정상에 다다랐다.

그 곳은 내가 밤마다 수없이 올라가서 "목사가 되게 해 주세요" 라고 기도했던 곳이었고, 목사가 될 야망을 키우며 웅변연습을 했던 곳이다. 그 덕택에 고등학생 시절 전국 학생웅변대회에서 장려상을 받기도 했었다.

그 정상에는 그 동리 사람들이 천지신명께 제사를 드리는 대리석 돌 제단이 있었다. 그 돌 제단에 그 아가씨와 함께 마치 제물이나 된 듯 두 손을 맞잡고 앉아 그 아가시의 가정을 위해 기도하고, 그녀와의 관계가 건전한 관계가 되기를 간절하게 기도하였다.

그 아가씨는 6.25 전란 때 아버지를 잃고 홀어머니와 동생이 함께 살고 있는 터였다. 그녀는 그저 눈물만 펑펑 쏟고 있었다. 그러한 일이 있은 후 그 아가씨의 어머니는 나를 철석같이 믿어 주었다. 얼마 후에 그 아가씨도 다른 사람과 결혼을 했지만 십수 년이 넘도록 내게 값비싼 영양제나 옷가지를 제공해 주었고, 지금도 그 가정과 오가며 다정히 지내고 있는 터이다.

(3) 의남매 이야기

내가 어릴 때에는 의남매 결연을 많이 했었다. 나도 예외는 아니었다. 한 동네에서 미장원을 하는 네 살 정도 위인 아가씨와 의남매를 맺어 애틋한 정을 서로 나누었다.

누님은 가까운 봉계라는 동네에 살았는데 그 가족은 그 어머니와 사남매뿐이었다. 누님이 제일 위였다. 여자 형제는 하나도 없이 사형제뿐인 우리 집 분위기하고는 사뭇 다른 분위기였다. 그 집에 가서 여러 번 식사를 하기도 하고, 온 식구가 한 방에서 잠을 자기도 하였으며, 미장원에 가서 밤늦도록 이야기를 나누며 놀기도 했다.

그러다가 그 누님이 다른 사람과 약혼을 하고 결혼을 앞둔 어느 날, 우리 집을 찾아 온 것이다. 우리 집에는 방이 셋이 있었는데, 어머께서 아래채에 있는 방 하나를 내어 주시면서 남매가 같이 자라는 것이었다. 우리 어머님께서 그만큼 우리를 믿었다는 것으로 밖에 달리 생각할 수 없는 일이었다.

두 청춘 남녀가 한 방에서 잠을 자는데 어찌 욕정이 일지 않겠는가! 그렇지만 서로를 범하지 않았다. 지금 생각해 보면 어머님께서도 두 사람이 서로 정을 떼야 한다는 것을 알고 마지막을 잘 마무리하라는 뜻이었는지도 모르겠다. 그리고 누님이 우리 집을 찾아온 것은 마지막으로 우리의 관계를 끊으려 했던 것으로 여길 수밖에 없다. 그 후 누님도 곧 결혼을 했고 나도 얼마 후 결혼을 하고 오늘에 이르렀다.

(4) 마흔 살 과부와 하룻밤을.

앞에서도 이야기했지만 내가 "이모"라고 불렀던 그 여인이 내가 제대를 한 후에도 우리 집을 찾아오곤 했었다. 우리 집에 그 이모가 왔을 때도 우리 어머님은 또 걱정이셨다. 식구들은 다른 방에서 모두 재우고 이모와 나만 한 방에서 자도록 배려? 해 주셨다. 우리 어머님은 본래 엄격하신 분이신데 왜 그렇게 하셨는지는 아직도 그 이유를 잘 모른다. 아마도 나를 믿었기 때문이라 여긴다.

그날 밤 나는 잠을 한잠도 자지 못했다. 아무리 나이가 많아서 이모라고 불렀지만, 아직 구석구석에 젊음이 남아 있는 마흔도 안 된 과부였고, 나도 스물다섯 청춘이었기 때문이다. 이모는 이내 잠이든 척했지만 나는 뒤척일 수밖에 없었다. 새벽 두시쯤일까. 내가 몸을 일으켰다. 도저히 욕망을 참을 수가 없었기 때문이었다. 잠든 이모를 깨울까 봐 불도 켜지 못하고, 더듬어서 일기장을 찾아내어 거기에다 손가락을 깨물어 혈서를 썼다. "혈기를 죽이자"라고 말이다. 칼로 손가락에 상처를 내면 피가 쉽게 나겠지만 손가락을 이로 물어뜯는 것은 그리 쉬운 일이 아니었다. 지금이라도 찾아보면 그 일기장이 어딘가에 있을 것이다.

그렇게 그 밤이 무사히 지나고 서로가 헤어졌다. 그 후로도 이모는 처녀가 다 된 딸(열세 살 때 같이 잠을 잤던 그 여아)과 함께 우리 집에 찾아오곤 했다. 그렇게 얼마를 지나다가 서로의 소식이 끊어져 오늘에 이르고 말았다. 아마도 그 이모님은 세상 떠났을 것이고, 그 한(韓)씨 남매는 지금 어느 하늘 아래서 힘차게 날갯짓을 하고 있을 것이라 여긴다. 요즘도 더러 과거를 회상할 때면 그 남매들이 어떻게 지내고 있을지 궁금하기도 하다.

이렇게 내 생애에 있어서 여자로 말미암아 불륜에 빠질 수 있는 기회가 여러 차례 있었지만 나는 그 한 번도 악마의 꾀에 넘어가지 않았다. 이렇게 말하면 나를 재수 없는 놈이라거나 바보라고 말하는 사람도 있을 것이고, 더러는 거짓말이라고 할 사람도 있을 것이지마는, 나는 바보도 아니고 거짓말쟁이는 더더욱 아니다.

성경에도 여러 번 언급했지만 눅 12:6절이나 고후 2:17절 등에 코람 데오(Coram Dea)라는 말이 나온다. 이 말은 라틴어이지만 그 뜻은 "하나님 앞에서"라는 뜻이다. "나를 목사가 되게 해 주세요"라고 기도하면서 어느 안전(案前)이라고 거짓말을 하겠으며, 내 생에 마지막이 될 수도 있을 자전(自傳)에서 양심을 속이는 글을 쓰겠는가! 이렇게 칼날 위를 걷는 것 같은 몇 번의 위험한 기회들은 하나님이 나를 목사의 자질이 있는지를 시험하기 위한 수단이었거나, 아니면 나를 연단시키기 위한 방편이었다고 믿는다.

(5) 형수님의 선을 본 시동생.

어느 날 형님이 중매쟁이로부터 소개받은 어떤 규수와 선을 보고 오셨다. 하도 궁금해서 어떻더냐고 다그쳐 물었다. 그런데 형님은 선뜻 결정하기 곤란한 눈치였다. 그 다음날 아침이었다. 형님이 편지 한 장을 내 손에 들려주면서 아무 동리로 가면 안(安)씨 댁에 규수가 있을 터이니 한번 만나보고 네 마음에 들면 이 편지를 전해주고 그렇지 않으면 그냥 오라는 것이었다.

우리 백씨 가문의 맏며느리일 뿐만 아니라, 밑으로 시동생이 셋이나 되기 때문에 더욱 신중해야 했기 때문이라고 여긴다. 이 중차대한 사명?을 띠고 자전거를 타고 40여 리를 달려 그 동리를 찾아갔다. 가면서 오만가지 생각을 다했다. 형님이 키가 작으니까 형수가 될 분은 키가 커야 하는데! 라는 생각과 눈이 위로 찢어지지 않았으면, 코가 들창코가 아니었으면, 귀가 당나귀 귀가 아니었으면, 하는 등등의 생각들을 하면서 길을 재촉했다.

그 집에 도착하여 사랑방에 들어가 좌정하고 앉아있었다. 조그마한 촌 동리인지라 시동생 될 총각이 형수자리 선을 보러 왔다는 소문이 돌았는지 동리 사람들이 수군대면서 사립문 앞에서 웅성거리는 소리가 들렸다. 형수 될 분을 만나보니 다행히 키도 컸고, 내가 그렇게 우려했던 점들을 발견할 수 없었다. 그래서 형님의 편지를 전하고 돌아온 기억이 새롭다. 그 후 반세기가 넘었지만 형수님은 우리 가정의 맏며느리 역할을 잘해 주셨다. 그래서 하나님과 형수님께 감사드리지 않을 수가 없다.

(6) 충북 영동에서 서점을 열다.

어느 날 어떤 지인으로부터 책장사를 하면 어떻겠냐는 말을 듣고 충북 영동에 가서 서점을 열었다. 그러나 어느 정도 삶의 여유가 있어야 책을 사 볼 터인데, 조그마한 군소재지에서 먹고 살기도 바쁜데 책을 사볼 여유가 없다는 것을 미처 생각지 못했다. 내 생각이 짧았던 것이다. 서점을 개업했으나 매일 파리만 날리고 있었다.

서점을 시작한 지 얼마 되지 않았을 때였다. 건장한 청년이 혼자 서점을 하고 있니 처녀들이 더러 드나들기도 했다. 어떤 아가씨는 반찬을 해다가 주기도 했고 호의를 보내기도 했다.

어떤 때는 처녀 두 사람과 함께 더블(double) 데이트도 더러 더러 했다.

그러던 늦가을 어느 날 오후 이름 모를 한 소녀가 서점에 들러 시집을 찾았다. 시집을 보여 주었더니 책을 사 가는 것이 아니라, 서점 구석에 쭈그리고 앉아 시간 가는 줄 모르고 읽고 또 읽는 것이었다.

사람은 누구나 평생 세 번쯤은 시인이 된다는 말이 있듯이 나도 그러한 때가 있었던 것으로 기억한다. 시집이란 시집은 모조리 읽고 내 딴에는 퍽도 시인이 다 된 것처럼 대화를 할 때에도 연가나 시를 외었다가 읊기도 했었다. 그래서 인지는 몰라도 그 소녀에게 적잖은 호기심이 생겼다.

얼마 동안 지켜보았더니 매일처럼 와서 시를 읽고 가는 것이었다. 물론 책에 흠이 나지 않을까 하는 조바심 같은 것이 있긴 했지만, 그녀가 찾아오는 것이 은근히 기다려졌고, 그녀가 찾아오지 않는 날이면 궁금하기도 했다. 그렇다고 무슨 수작을 걸거나 대화를 요청한 일도 없었다.

미안하다는 듯이 배시시 웃으며 찾아와 다소곳이 앉아 시집을 읽다가 가곤 했다. 항상 입가엔 미소를 띠고 있었고 비교적 말이 없는 편이며, 눈은 크지 않았으나 반짝거렸고, 입술은 립스틱을 칠한 적이 없는 윤기 있는 입술이었다.

가끔 치마저고리를 입고 나타나기도 했는데 매우 인상적이었다. 그 옷자락 밑에 감추어진 육체는 풍만하기만 했고 포동포동한 살결이 옷깃을 들치고 숨을 쉬는 것 같았다.

얼굴생김새는 동양미를 간직하고 있었으며 항상 홍조가 피어 있었다. 이름도 성도 모르는 그녀가 나타나면 "오늘은 이름을 물어야지" 하고 단단히 마음먹어보지만, 정작 그녀가 나타나면 이름도 성도 묻지 못한 채 돌려보내곤 했다. 그 입가에 번진 미소가 모든 것을 말해 주는 것 같기도 하고, 또 "아무것도 묻지 말아 주세요."라고 말하는 것 같기도 했다. 그 미소가 접근금지 표시와도 같아서 다른 엉뚱한 생각을 할 수가 없었다.

서로의 나이도, 이름도, 성도, 고향도, 환경도, 아무것도 모르는 상태였지만, 서로의 현재가 좋았고, 흐뭇하기만 했다. 얼마간의 시간들이 그런 상태로 흘렀다. 그러다가 어느 날 시들시들 꺼져가는 연탄난로 앞에 마주 앉게 되었고, 시간 가는 줄도 모르고 애꿎은 보리차만 마냥 홀짝거리며, 밤이 깊도록 인생을 논하고, 시를 논하고, 종교와 철학을 논하곤 했다. 지금 생각하면 개똥철학인 것을 말이다.

그렇게 겨울도 지나고, 어느 이른 봄날 저녁에 그녀가 나를 자기 집으로 초대를 했다. 그녀의 자취방을 찾았더니 서른 살 가까이 되었음직한 언니와 둘이서 자취를 하고 있었다. 단칸

방이어서 부엌을 지나 방으로 들어갔는데, 방은 깔끔하게 정돈되어 있었고, 향긋한 향수냄새가 온방에 가득 쌓여 있었다. 시집 몇 권도 가지런히 정돈되어 있었다.

누이라고는 하나도 없이 4형제만 우글거리며 자란 나로서는 황홀 그 자체였다고나 할까! 방은 적당히 따스했고, 매우 융숭한 대접을 받은 것으로 기억된다. 그녀의 언니는 낮의 피로를 이기지 못하는 듯 "먼저 잘 테니 놀다 가라"고 하고는 돌아누워 잠이 들었다. 지금 생각하면 잠이 든 것이 아니라 자는 척하였을 것이 분명하다.

그때서야 비로소 그녀의 이름이 '채 리'라는 것을 알게 되었고, 그녀의 고향도 호남 어디쯤이라는 것도 알게 되었다. 서로의 이름을 서로가 묻지 않겠다는 묵계가 누가 먼저랄 것도 없이 깨지고 말았다. 이름이 "채 리"였는데 성씨가 "채"씨이고 이름이 외자로 "리"인지, 아니면 다른 의미가 있는지도 알지 못한다. 다만 그 이름을 듣는 순간 매우 인상적이었고, 아름답다는 생각이 들어 지금까지 뇌리 속에 박혀있는 것이다.

밤이 깊도록 이런저런 대화를 나누었다. 그러나 내일을 위하여 아쉬운 작별을 하지 않을 수 없어 그녀의 애틋한 미소와 아쉬워하는 몸부림을 뒤로 한 채 서점으로 돌아왔지만, 그녀는 오래오래 문밖에 서 있었다. 나는 내일 다시 서점을 찾아오겠거니 하면서 가벼운 발걸음을 옮겼다. 그러나 그것이 그녀와의 마지막 이별이 될 줄이야 어찌 알았으랴! 그녀는 다시 서점에 나타나지 않았다.

며칠을 기다려 그녀의 자취방을 찾았을 때는 벌써 고향집으로 갔다는 언니의 전갈을 듣고 되돌아오는 발길은 무겁기만 했다. 그녀는 그야말로 바람과 같이 사라졌고, 그 후로는 소식 한번 주지 않았다. 물론 얼마 후 나도 영동을 떠나버렸지만 지금도 잔잔한 그리움이 문득문득 솟구치기도 한다. 손 한번 잡아본 적이 없는 그녀가 왜 지금까지 내 뇌리에서 떠나지 않는지 알다가도 모를 일이다. 그날이 바로 그녀가 이별을 고하는 날이었다는 것을 왜 몰랐을까? 아마 부모의 권유로 결혼을 하려고 고향으로 돌아간 것으로 짐작이 된다.

가끔은 어떤 사람과 결혼해서 아기 낳고 아무 데서나 젖통 꺼내서 젖을 먹이는 평범한 아낙네가 되었겠지! 라는 생각을 하다가도, 소스라치게 도리질을 하면서 "아니야, 그녀는 지금도 시와 결혼해서 시란 아들 낳고 조용한 산사에서 홀로 살고 있을 거야."라고 외쳐보기도 한다.

그녀가 언제까지나 천진난만한 그때 그 모습 그대로 늙지도 말고 있어 주었으면 하고 바라지만 나를 돌아보니 벌써 백발을 휘날리는 노인이 되었으니 꿈인가 한다.

(7) 민주주의 순회 강사를 하다.

　영동에서 서점을 하면서 다른 길을 모색하던 중 그 당시 유달영 씨가 주창한 새마을 사업의 일환으로 민주주의 순회강사 노릇을 하게 되었다. 영동군의 이곳저곳을 두루 다니면서 민주주의나 새마을 사업에 관한 이론, 산아제한(그 당시 정부의 시책이었다.), 지붕개량, 농로개설, 생활개선 등등을 강연하였다. 머나먼 농촌 길을 자전거로 가기도 했지만, 오지 산골은 산을 넘고 물을 건너서 걸어 다녀야 했다. 지금 생각하면 그 때 어디서 그렇게 큰 에너지가 나왔는지 모르겠다.

　그렇게 강연을 나가면 면장이나 이장들이 사람을 모아놓고, 경찰들이 치안을 담당해 주곤 했다. 정말 어두운 시대에 어두운 사람들을 깨우쳐 선도하고, 나라와 민족의 장래를 위해 농민을 계몽(啓蒙)하는 것이기 때문에 보람된 일이기는 했지만 한시적이어서 먹고살 만한 직업은 되지 못했다.

6 드디어 목회를 시작하다

그 무렵이었다. 고향교회인 금릉교회 김강호 장로님께서 나를 찾아오셨다. 교회가 어려워 목사님은 모실 수 없어서 나를 전도사로 모시려고 제직회의 의결을 거쳐 청빙하려 왔다는 것이다.

그렇지 않아도 하나님께 목사가 되겠다고 서약을 해놓고 그 서약을 이행하지 않았기 때문에 하는 일마다 실패를 하는 것이라는 생각이 나를 지배하고 있었던 터라, 결국 그렇게 하기로 허락을 하고 말았다. 지금 생각하면 보통 용기가 아니었다. 성서에 대한 상식마저도 부족했을 뿐만 아니라, 겨우 신학교를 한 학기만 한 주제꼴에 목회를 하겠다고 나섰으니 말이다. 그리고 내가 태어나서 자란 고향에서 목회를 한다는 것이 그리 쉬운 일이 아닌데 말이다.

그래서 목회를 시작했지만 고향교회에서 목회를 한다는 것은 그렇게 만만한 것이 아니었다. 친척들도 많이 있었을 뿐만 아니라, 어릴 때부터 같이 놀던 친구들도 많았으며, 동리 사람들이 내가 어떻게 성장했는가를 소상하게 아는 사람들이었기 때문이다.

그래서 내가 취한 방법은 심방을 가다가 친구를 만나면, 내가 먼저 "어디 가세요"하고 인사를 하고 존칭을 사용하는 것이었다. 그러면 그 친구도 감히 "해라"를 하거나 "하게"를 못하는 것이다. 아무리 손아래 친척이라고 해도 존댓말을 사용하였다. 그래서 어렵사리 고향교회 목회를 약 8년을 하지 않았을까 하는 생각을 해본다.

(1) 결혼을 하다.

1964년 4월에 목회를 시작하였고, 그해 11월 26일에 7년 넘게 연애를 해오던 지금의 아내와 결혼을 했다. 연애시절에는 하닷사라는 애칭으로 불렀는데, 은퇴 후 내가 지금 살고 있는 청하에 황토방을 하나 짓고, 그 황토방 현판에 "하닷사 룸"이라고 붙인 이유가 바로 그 때문이다.

연애 7년 동안이나, 결혼 후 50여 년이 넘도록 어떻게 난관이 없었겠는가? 꼭 그렇게 믿는 것은 아니지만 나는 호랑이띠이고 아내는 말띠이다. 옛 어른들의 말씀이 정자(아내 이름)는 호랑이띠인 낙원이가 아니면 휘어잡지 못한다는 말을 하기도 했다.

당시 처가는 김천시 부곡동에 있었기 때문에 걸어도 2~30분 거리였다. 김천 서부교회당에서 결혼식을 올렸는데, 식장을 장식할 만한 사람이 없어서 내가 손수 식장을 장식했다. 그럭저럭 예식이 끝나고 처가로 가서 첫날밤을 보냈다.

그런데 내가 결혼을 한 바로 그 날 처가(妻家) 쪽으로 가까운 친척이 돌아가셨고, 우리 신혼 방 바로 옆방에서는 처남댁이 출산을 했다. 출생과 결혼과 사망이라는 인간대사가 하루에 다 이뤄진 것이다. 신혼여행도 가지 못하고 사흘을 조그마한 방에 갇혀 지내자니 호랑이 기질인 나는 미칠 지경이었다.

막상 결혼을 했지만 방 한 칸도 얻을 능력이 없었다. 당시 교회에서의 사례비는 1,000환이었는데 지금으로 말하면 1~20만 원이 채 될까 말까 한 가치였을 것이다. 이런 상황 속에서도 목회를 할 수 있었던 것은 본가(本家)가 거기 있었고, 부모님이 계셔서 가능했던 일이었다.

그렇지만 늘 부모님만 의지하고 살 수는 없는 노릇이었다. 그래서 학생들 과외공부를 지도하기도 하고, 어떤 때는 젊은 내자(內子)가 사모라는 허울 좋은 칭송도 뿌리치고 풀빵 장사도 해보았지만 돈을 번다는 것이 그렇게 간단한 것이 아니었다. 배고픈 시절이라 학생들이 찾아와서 외상을 요구하면 거절할 수 없어 주곤 했는데, 그 결과는 돈도 떼이고 손님도 잃는 것이었다.

이렇게 어려운 시절인데도 둘째를 낳았다. 첫째는 아내가 친정에 가서 몸을 풀었지만, 둘째는 우리 부부가 함께 아기를 받았다. 출산에 필요한 모든 기구들을 갖추어 놓고, 기다렸더니 밤중쯤 되어 산고가 시작되었다. 큰 어려움 없이 해산을 했다. 부부가 함께 탯줄을 자르고 아기를 물에 씻기고 나서야 아내는 녹초가 되어 자리에 누웠다. 아들이어서 기쁜 나머지 피곤한 줄도 모르고 미역국을 끓여 아내에게 주고 나서, 아내가 잠이 든 것을 보고 3㎞ 정도를 달려 어머님께 그 소식을 전했다.

그 후로도 하나님이 허락하시는 대로 낳아서 키우겠다는 생각으로 둘을 더 낳아 4남매가 되었다. 그렇게 우리 부부가 함께 살아온 것이 벌써 금혼식도 지나고, 몇 년만 더 있으면 회혼을 맞이하게 된다. 되돌아보면 모든 것이 하나님의 은혜임을 깨닫는다.

(2) 내 신앙의 화이트홀

이 글은 지난번 수필집에도 게재한 글이지만 나의 목회에 있어 중대한 기점이 된 사건이라 꼭 다시 게재하고 싶었다. 그것은 내가 경험한 화이트홀에 대한 이야기이다. 요즘 물리학에서는 4차원(더러는 7차원이라고도 함)의 공간이 있다고 말한다. 4차원은 분명히 증명된 것은 아니지만, 3차원의 공간과 1차원의 시간이 결합된 것을 가정해 4차원공간이라 하고 시공간(space-time)이라고 부른다는 것이다. 이 4차원의 공간 속으로 들어가려면 블랙홀을 통과해야 한다는데, 그 블랙홀의 구조는 아직까지 알고 있는 사람이 없다는 것이다.

이 블랙홀에 들어갔다가 나가는 길을 화이트홀이라고 하는데, 그 화이트홀을 통과하고 나면 거기는 다른 차원, 즉 시공을 초월하는 4차원의 공간이 있다는 것이다.

내가 금릉교회에 전도사로 시무할 때 이야기다. 모처럼 김천시내 음성나환자촌에 있는 동문성결교에서 부흥회를 한다는 소식을 듣고, 큰맘 먹고 참석해 보기로 하였다. 당시엔 동문교회는 음성 나환자들이 주축이었으나 김천에서는 상당히 큰 교회였기 때문에 호기심이 생겼던 것이다.

의도적으로 예배시간이 거의 다 되어서 참석을 했기 때문에 뒷자리에 앉게 되었다. 그런데 그 후로도 계속해서 나환자들이 밀려들어 그 큰 교회당에 가득했다. 전후좌우를 살펴도 모두 환자들이었다. 모두들 땀을 뻘뻘 흘리며 열심히 찬송을 하였기 때문에 열기로 가득했다. 양계를 주업으로 하는 사람들이라서 그런지는 몰라도 이상한 냄새 때문에 숨이 막힐 지경이었다. 거기다가 오그라진 손으로 손뼉을 치면서 기뻐 뛰며 열정적으로 찬양을 하는 것이었다. 눈도 입도 돌아갔을 뿐 아니라, 손가락 발가락들이 떨어져 나간 흉한 몰골을 한 사람들인데 무엇이 저리도 기쁠까 하는 생각에 사로잡혀 있었다.

 그래도 예배 도중에 일어나 나올 수가 없어 끝까지 참기로 하였다. 그 때 무슨 설교를 들었는지 내 기억에 하나도 남아 있지 않다. 그러나 설교가 다 끝나고 통성기도 시간이 왔는데, 내게 큰 청천벽력같은 음성이 들렸다. 물론 귀로 들을 수 있는 음성은 아니었다. "이렇게 많은 사람들 중에 건강한 사람은 너 하나밖에 없는데, 너 혼자만 기쁨이 없구나!" 하는 음성이었다. 큰 쇠망치로 머리를 맞은 것 같은 충격을 받았다. 그래서 나는 그곳에서 하나님께 뜨거운 회개의 기도를 드렸다. 하나님께서 나환자들 속에 집어 던지시고 그 열기로 나를 삶으신 것이다.

 나는 감히 말한다. 이 사건이 나의 화이트홀이었다고, 만약 이 사건이 없었다면 그 어려웠던 시절 목회를 더 이상 하지 않았을지도 모르기 때문이다.

 그 이후로 나는 다른 사람이 되었다. 야곱이 이스라엘이 되고, 시몬이 베드로가 되었으며, 사울이 바울이 되었듯이 나도 다른 사람이 된 것이다. 그렇지 않고서야 어떻게 일가친척과 친구들이 사는 고향에서 8년이 넘게 목회를 할 수 있었겠는가 말이다.

 그 후 나는 문둥병도 두렵지 않았다. 그들과 악수를 하고 식사도 같이했다. 마음엔 구원의 감격이 솟아올랐다. 그것이 오늘 40년을 목회하고 은퇴 목사가 되게 한 계기라고 말할 수 있다.

사람이 죽음이라는 블랙홀을 통과한 후에만 화이트홀이 있는 것이 아니다. 우리의 삶 속 이곳저곳에 블랙홀이 있고 화이트홀이 있다. 앞으로도 이 화이트홀을 날마다 경험하여 마음의 천국과 더 나아가서는 지상천국을 경험하고 영원한 천국에까지 이르기를 소망해 본다.

(3) 고등학생의 등반 사고

그해 크리스마스를 이틀 앞두고 어떤 고등학생이 나를 찾아왔다. 전도사님! 제가 학교에서 등산클럽 회장인데, 크리스마스 기간이지만 지리산 등반이 예정되어 있어 부득불 다녀와야 하겠습니다. 라고 말하는 것이었다. 크리스마스라는 특별한 절기에 등산을 가겠다니 마음이 편치 않았지만, 이미 계획된 일이라 잘 다녀오라는 기도를 하고 보냈다.

분주하게 성탄행사를 마친 12월 26일 날 비통한 소식이 전해졌다. 등반을 하던 중에 길을 잃고 눈 덮인 산을 헤매다가 날이 저물어 오도 가도 못하고, 조그마한 바위 밑에서 밤을 새웠다는 것이다. 가지고 간 성냥도 물에 젖어서 불도 피우지 못하고 밤을 새우고 아침에 보니, 같이 갔던 학생 한 명은 동사를 했고, 다른 학생은 구조가 되었지만 심각한 동상이 걸려 병원에 입원을 했다는 것이다.

얼마 후 그 학생이 집으로 왔는데 발이 동상으로 썩어있었다. 그 지리산 산골동네 사람들이 얼어 있는 사람이라고 장작불을 지핀 뜨거운 방에 재웠으니 그 발이 온전할 수가 있겠는가.

내가 그 때 시골에서 돌팔이 의사 노릇을 하였기 때문에 의료도구를 챙겨서 병문안을 갔다. 발이 매우 심각했다. 그 썩은 피부를 벗겨내고 바셀린가제를 덮어 한 달여간을 정성껏 치료했더니 말끔하게 나았다. 그 후로 그 어머니가 교회에 나오셨고 나중에 권사님이 되셨다. 그래서 가끔 나를 만나면 반가워서 포옹을 해주면서 고맙다는 말을 잊지 않았다. 그 학생이 영남이공대학 공학박사인 백명철 교수이다. 얼마 전에 은퇴를 했다는 소식을 들었고 지금도 더러 소식을 주고받는다.

(4) 시무 처를 옮기려고 했는데.

여러 면에서 고향교회를 떠나야 되겠다는 생각을 하던 차에 상주 신촌교회에서 청빙을 해 왔고, 그곳으로 전임하기로 약속을 하고 짐을 모두 다 싸놓은 상태였다. 그런데 갑자기 청빙을 취소한다는 통보를 받았다.

그 당시에는 잘 몰랐지만, 바로 전임이신 목사님이 그 교회에 압력을 행사하여 나를 청빙하면 보조를 끊겠다고 했기 때문에 그 교회에서 결국 청빙을 포기한 것이라 들었다. 그 이유는 단순한 오해에서 비롯된 것이었다. 그러나 나는 이미 교회에 광고도 했을 뿐만 아니라, 후임 교역자를 소개해서 금릉교회가 그 분을 모시기로 약속이 되어있었을 때였다.

이런 상황이 되니 교회 장로님들은 "새로 오실 분을 취소하고 그냥 계시라"고 했지만, 상처받는 것은 나 하나로 끝내야겠다는 생각에 그렇게 하지 않았다. 나는 그 즉시 교회 기도실에 들어가 문을 잠그고 금식기도를 시작했다. 금식기도 사흘째 날이었다. 그렇게 친분이 두터운 분도 아닌 성결교회 목사님이 나를 찾아오셔서 말씀하시기를 선산지방에 기장교회가 비어 있는데, 내가 그 교회를 잘 아니까 한번 가보자고는 것이었다.

서둘러 자전거를 타고 그 목사님과 함께 약 5~60리나 되는 선산군 무을면 소재 교회를 찾아갔다. 타 교단 목사님이지만 어떻게 들었는지 나의 딱한 사정을 알고 선뜻 고생을 자처하신 것이다. 교회를 가보니 건물도 반듯하고 사택도 그 당시로써는 아주 훌륭했다. 나는 밖에서 기다리고 그 목사님이 장로님을 만나 이야기 하더니 갑자기 타종을 하는 것이었다. 종소리를 들은 제직들이 교회로 몰려나왔고, 그 자리에서 결정을 하여 무을 교회에 부임하기로 하였다.

나중에 알았지만, 그 교회는 윗동네 원동교회에서 갈라져 나온 교회로 12년 된 교회인데, 내가 13번째 교역자로 부임한 것이다. 그런데도 비어 있었던 때가 많았던 소문난 교회였지만, 교인들은 6~70명가량 모이는 교회였다.

(5) 자전거로 220리 통학

이 무을 교회는 구미시 선산군 무을면과 상주시 옥산면과의 경계에 있는 농촌 교회다. 교인들이 얼마나 소박했는지 돼지가 난산을 하자 조그마한 자석(磁石)을 돼지 엉덩이에다 대고 출산을 유도하겠다고 애를 쓸 정도였다. 당시 교역자들은 돼지가 새끼를 낳아도 심방을 가서 기도하고 수발을 들어야 했다.

나는 거기에서 대구에 있는 신학교에 복학하기로 결심했다. 지금은 좀 어렵지만 내일을 위해서였다. 그런데 문제는 경제적인 사정이다. 어렵사리 등록은 하였지만 교통비 및 학비가 여간 어려운 것이 아니었다. 이 사정을 아는 집사님들이 월요일 새벽기도회 시간에 몰래 주머니에 차비를 넣어 주기도 하였지만, 그렇지 못할 때는 차비를 아끼려 자전거로 통학을 했다. 교회에서 대구 남산에 있는 신학교까지는 약 220리 정도 되는데, 옛날의 도로는 비포장도로인데다가 자갈을 많이 깔아 놓았기 때문에 여간 험한 것이 아니었다.

자전거 뒤에다가 일주일간 먹을 양식과 책가방을 싣고 출발하면 학교까지 꼬박 7시간 30분가량이나 걸린다. 학교에 도착하여 소변을 보면 소변에 피가 섞여 나오고, 밑이 따가워 신음소리가 날 정도로 아팠다. 나중에 안 일이지만 김천을 통과하여 감문면을 거쳐서 삼봉이란 재를 하나 넘는 코스는 5시간 30분 정도 걸렸다. 그 후로는 김천을 경유하는 길로 다니곤 했다. 그래서 하나님께 학교에 쉽게 다닐 수 있는 길을 열어 달라고 기도하면서 말이다.

7 추풍령제일교회 시무

내가 드린 그 기도가 응답이 되었는지 더디어 추풍령제일교회(1969년 3월3일)로 옮기게 되었다. 다른 조건을 보지 않고 단순히 신학교를 쉽게 다닐 수 있는가를 본 것이다. 열차를 이용하면 편리하게 학교를 다닐 수 있기 때문이다. 당시 추풍령제일교회는 건물만 덩그마니 지어놓고 사택은 겨우 기어들고 기어나는 시골 촌집이었다. 여기서 약 3년 동안 있으면서 신학교를 모두 마치고 졸업을 할 수 있었다.

(1) 돌팔이 의사 노릇

내가 앞에서도 이야기했지만 어릴 때 늑막염과 결핵을 앓았을 때 손수 마이신 주사를 맞은 경험이 있기 때문에 금릉교회에 있을 때부터 돌팔이 의사 노릇을 했다. 그래도 꽤 용하다는 소문이 나서 이웃 동리에서도 출장을 와 달라는 초청도 많이 받았었다.

추풍령제일교회에서 시무할 때 일이다. 교회당 바로 앞집에 여신도 한 분이 사셨다. 교회생활도 시원치 않았고 가끔 약주도 더러 하는 눈치였다. 어느 날 아침 일찍 심방을 와 달라는 다급한 전갈이 왔다. 그래서 부랴부랴 달려갔더니 안방에 누워있는데, 매우 주저주저 하는 눈치였다. 마지못해 하는 말이 "내가 신앙생활을 잘못해서 하나님에게 매를 맞은 것 같습니다."라고 하면서 엉덩이를 보여 주는데 정말 깜짝 놀랐다. 엉덩이 한쪽이 손바닥만 한 크기로 시커멓게 썩어있었다. 그 여신도의 말은 하나님이 자기 엉덩이를 치셨다는 것이다. 정말로 누가 손바닥으로 때린 것 같았다.

물론 하나님이 무슨 잘못을 저질렀다고 그 자리에서 바로 벌을 하시거나, 무엇을 잘했다고 즉시(卽時) 상(償)을 주시는 그런 분은 아니겠지만 그 신도는 그렇게 받아드리고 있었다. 내가 생각하기로는 아마도 그 여신도가 약주에 취해서 옆으로 누워 오래 잠을 잤기 때문에 방바닥의 열기로 엉덩이가 타 버린 것으로 이해했다. 옛날 레일 식으로 된 연탄아궁이는 아랫목만 아주 뜨겁기 때문이다.

그 때는 병원을 갈 돈도 없었지만 병원에 가면 집안이 망하는 줄 알고 엄두를 내지 못했다. 그래서 내게 치료를 의뢰해 온 것이었다. 그래서 내가 죽은 살을 메스로 다 도려내고 항생제를 쓰면서 극진히 치료하였더니 완치가 되었다. 그 후로 그 여신도는 교회생활을 착실히 하였는데, 얼마 후에 내가 다른 교회로 전임하였기 때문에 그 후의 소식은 듣지 못했다.

(2) 가짜 예수쟁이와 참 예수쟁이

추풍령 제일교회에서 시무할 때 일이다. 교회에서 조금 떨어진 동리에 우모 집사님이 사셨다. 부부간에 열심히 신앙생활을 하셨지만, 부인과 달리 우 집사님은 약주를 끊지 못해서 늘 말썽이었다. 그래서 가정불화도 더러 있었던 것으로 기억한다. 내가 부임하고 얼마 지나지 않았을 때인데 "참 예수쟁이가 되라."는 내 설교를 듣고 참다운 신앙생활을 해야겠다고 결심했다고 한다. 우 집사님이 생각하기를 언제나 음주와 흡연 때문에 문제가 되니 술과 담배를 끊어야겠다고 결심을 했다는 것이다. 그러나 친구들만 만나면 친구들이 자꾸만 술을 권하니까 작심삼일이 되고 말았다는 것이었다.

그래서 특단의 조치(措置)를 해야겠다고 생각하고, 온 동네 사람들이 다 모이는 대동회 날을 택하여 동민이 모두 모인 자리에서 이렇게 선언했다고 한다. "나는 지금까지 가짜 예수쟁이 노릇을 해 왔습니다. 하지만 오늘부터 진짜 예수쟁이가 되려고 합니다. 그런데 문제는 술과 담배입니다. 이제부터 내가 술과 담배를 끊겠습니다. 앞으로 만약 내게 술이나 담배를 권하는 사람은 내 친구도 아니고, 이웃도 아닙니다."라고 선포를 하였다는 것이다. 그 후 그 우 집사님은 착실하게 신앙생활을 하여 타의 모범이 되었기 때문에 얼마 후에 장로님이 되셨다.

8 충북 괴산 연풍교회 시무

추풍령 제일교회가 충북노회소속이기 때문에 충북 괴산군 연풍면에 소재한 연풍교회로 전임을 하게 되었다. 당시엔 교회가 교역자를 모시려고 하면 원하는 목사님을 초청해서 설교를 듣는 것이 하나의 관례였다. 그러나 어떤 교회에 가서 설교를 하고 선을 보이는 것을 내 자존심이 용납하지 않았다. 그것이 나의 신념이기도 했다. 연풍교회에 와서 한번 설교를 하고 선을 보자는 요청이 들어왔지만 단호하게 거절했다. 목회라는 것이 꼭 설교만 잘하면 되는 것도 아닐뿐더러, 한 번의 설교를 누군들 잘 못하겠는가! 당신들이 원한다면 여기 와서 내 설교를 듣고 결정하라고 했다. 나 역시 그 교회의 위치나 현재 상황을 알고 싶기는 하나, 하나님이 보내신다면 어디든 가서 목회를 하겠다는 각오였다. 지금은 고속도로가 나 있지만 당시는 이화령 고개를 완행버스로 아슬아슬하게 넘어가는 그야말로 첩첩산중이었다.

내가 교회를 선택하는 기준도 교회당의 크기나 재정상태, 또는 교인 숫자가 아니었다. 그래서 나를 필요로 한다면 어디

나 부임한다는 원칙이었다.

처음 교회에 부임해보니 교회당은 아주 크게 잘 지었는데 완공이 되지 않았으며, 사택도 보잘 것이 없었다. 교회당을 두른 담장도 흙담이었다. 그러나 선교지역은 사역하기에 좋은 조건이었다.

교인 수는 약 120여 명 모였고 이웃의 교회라고는 10리쯤 떨어진 곳에 우리 교단인 신풍교회와 유하교회가 있었으나, 우리가 선교할 수 있는 교구만 해도 19개 동리나 되었다. 내 나름대로 모든 열정을 쏟아 목회를 하였다.

젊은이들을 모아서 자전거 전도 단을 만들어 자전거 뒤에 확성기를 매달고 19개 동리를 차례로 돌면서 노방전도를 하고, 열심히 심방도 하였기 때문에 교회가 조금씩 활기를 찾아가고 있었다.

그리고 또 한 가지는 주민들에게 다가가기 위해서 교회당을 예식장으로 개방했다. 그 당시로써는 획기적인 일이었다. 그러고 보니 여러 가지 문제에 직면하게 되었다. 교회당이기 때문에 손님들이 예의를 지켜 주리라고 생각한 것이 잘 못이었다. 교회구내가 온통 흡연 장이 되고, 쓰레기장이 되기도 했으며, 가끔은 약주에 취해 행패를 부리는 일까지 생겼다. 그래서 일부 교인들은 신성한 성전인데 그래서 되겠느냐고 교회당을 개방하지 말자는 의견도 있었지만 교회 개방을 철회하지는 않았다.

교인들이 결혼식을 할 때에는 신랑에게 소를 태우기도 하고 신부는 내가 손수 가마를 만들어 왕비 모시듯 했다. 이렇게 일을 만들어 고생을 사서 했지만 그래도 그 당시 교인들로부터 "그 때가 제일 좋았다."는 말을 들을 때는 가슴 뿌듯함을 느끼지 않을 수 없다.

그리고 연풍교회는 부지가 넓었기 때문에 한쪽 구석에 재래식 온상을 설치하였다. 50cm 정도 땅을 파고 두엄을 넣은 다음 인분을 붓고 발로 자근자근 밟아 열이 나게 한 다음 씨앗을 심었다. 고추, 마디호박, 토마토, 오이, 가지 등등 여러 가지 모종을 길러서 교인들에게는 물론 이웃에게 나누어 주었다. 그 당시는 비닐을 구경조차 할 수 없었던 때여서 여간 반응이 좋은 것이 아니었다.

그 이후로 많은 가정들이 이른 봄에 일찍 온상을 하여 작물을 재배하기 시작했다. 그래서 그런지 모르지만 요즘 그 지역이 고추재배는 물론 특용작물로 큰 수확을 올리고 있다고 들었다. 이런 것이 목회자의 보람이 아니고 무엇이겠는가!

그리고 내가 대학생선교회가 주도하는 CCC 춘천성시화운동 때 교역자 팀 강사로 강의를 했던 경험을 살려, 우리 교회에 부흥강사가 되어 두 번이나 집회를 하였는데, 어떤 때는 들것에 실려 온 환자가 집회에 참석한 후 걸어서 나가는 기적이 일어나기도 했다. 그래서 이 산촌에 소재한 교회가 약 200여 명이 넘게 모이는 교회로 부흥했고 매우 활기찬 교회가 되었다.

(1) 20년 만에 이루어진 기도

위에서도 언급했지만 교회당도 완공이 되지 않았고 사택도 보잘것없었기 때문에, 논의 끝에 사택을 다시 짓기로 하고 공사에 들어갔다. 대목(大木)이신 문용상 장로님이 계셔서 그분의 지휘하에 사택건축이 시작되어 순조롭게 진척이 되고 있었다. 한옥구조이어서 기둥을 세우고 지붕 기와공사까지 무사히 잘 마쳤다.

비가 부슬부슬 내리는 어느 날 내가 혼자 벽에 창을 하나 내려고 벽을 뚫었는데, 내력벽을 건드려 대들보와 함께 지붕 전체가 약 50cm 정도 내려앉았다. 그런데 지붕이 내려오다가 더 내려오지 않고 그대로 멈춘 것이었다. 지붕이 완전히 내려앉지 않은 것은 그야말로 기적이었다. 그대로 내려앉았다면 거기에서 압사하고 말았을 것이 분명하다. 아마도 천사가 들고 계셨던 것으로 믿는다.

다음날 다시 작키로 들어 올려 준공을 했지만, 그 때 허리를 다쳐 거동도 제대로 할 수가 없었다. 그렇지만 목사고시 날짜가 다가오고 있어서 등에다가 송판을 대고 붕대로 묶은 다음 앉아서 공부를 해야 했다.

지금은 눈여겨보지 않아서 잘 모르지만 내가 목사고시를 치를 때는 13과목이나 되었다. 이 13과목을 모두 당년에 합격하는 사람은 거의 없었고, 보통 2~3년은 치러야 전 과목을 합격을 하곤 했다. 같이 시험을 치른 동기들 중에는 5년이나 시험을 보았지만 합격하지 못한 사람도 있었다. 이 시험은 목사가 되려는 사람은 반드시 통과하여야 하는 관문이기도 하기 때문에 고등고시 버금가는 시험이었다.

내가 시험을 친 첫해에 13과목 중 9과목을 합격했다. 다음 해에 다시 시험을 치를 때였다. 어느 과목인지 또 교수가 누구인지도 다 잊었지만 어떤 과목의 시험문제가 세 문제였다. 한 문제는 공부를 했던 것이라 자신 있게 답을 썼지만, 두 번째 문제는 아리송한 문제였으며, 세 번째 문제는 아주 생소한 문제였다. 두 번째 문제는 생각나는 대로 답을 썼지만 자신이 없었다. 그래서 생각한 것이 내가 공부한 내용을 써내자는 생각이었다.

그래서 "영혼불멸사상과 몸의 부활에 대한 소고"라는 제목을 달고 공부한 내용을 시험지 뒷면에 이르기까지 모두 빡빡

하게 기록했다. 만약 이 과목에서 탈락이 나오면 다시 한 해를 더 기다려야 했기 때문에 궁여지책으로 그렇게 했던 것이다.

첫 번째 문제는 점수를 받았다는 것으로 가정(假定)하고, 두 번째 문제가 어느 정도 점수를 얻었는지, 아니면 엉뚱하게 답을 적은 것이 가산점을 받았는지에 대해서는 알 수가 없지만 결과는 합격이었다.

목사고시 합격이라는 통지를 받았을 때 내자(內子)와 아이들이 지켜보는 가운데 "감사합니다. 감사합니다." 하면서 방구석을 이리저리 굴러다녔다. 그 이유는 내가 목사가 되는 것이 기쁜 것이 아니라, 하나님이 내 기도를 응답해 주셨다는 사실이 기뻤기 때문이다.

내가 처음 교회당에 나가서 "나로 목사가 되게 해 주세요." 라는 기도를 했다는 것을 앞에서도 말씀드렸지만, 내 생에 있어서 하나님께 드린 그 기도가 만 20년 만인 서른세 살 되던 해에 응답을 받아서 1971년 8월 16일 더디어 목사가 되었기 때문이다.

(2) 뱀에게 물린 성도의 남편

어느 날 갑자기 여신도로부터 다급한 전화를 받았다. 내용인즉 남편이 들에 갔다가 뱀에게 물렸다는 것이다. 병원까지 가려면 5~60리를 나가야 하는데 버스도 끊겼기 때문에 어떻게 해야 할지 몰라 전화를 한 것이다.

불이 나게 달려가 보니 뱀에게 물린 곳이 많이 부어 있었고 피도 흐르고 있었다. 생각나는 것이 독을 빼내야겠다는 생각으로 입을 대고 빨아내기 시작했다. 병원에 가지도 못하고 그냥 하룻밤을 보냈다. 그 다음날 다시 찾아갔더니 상처가 많이 붓지도 않았고, 상태도 나빠 보이질 않았다. 입으로 빨았기 때문에 핏물과 함께 독이 빠졌던 모양이다. 그런 일이 있은 다음 그 사람이 자기 부인을 따라 교회에 나왔다.

그 후 수십 년이 지난 어느 날 연풍교회가 새로 성전을 건축하고 헌당식을 하니 참석해 달라는 요청을 받았다. 헌당식을 참석하여 축사를 하였더니 강 모 장로님이 답사를 하시면서 백 목사님이 계실 때 가 연풍교회 역사상 가장 부흥했던 시절이라는 것이었다.

예식을 마친 후 어떤 성도가 내게 각별한 인사를 하기에 누구냐고 물었더니 "제가 뱀에게 물렸을 때 목사님이 입으로 독을 빨아주신 이 아무개입니다." 라는 것이었다. 그 때 일을 까마득하게 잊고 있었지만 그 때 정성으로 뿌린 씨앗이 자라나서 교회의 장로라는 큰 기둥이 되어 교회를 섬기고 있는 것을 보고 보람을 느꼈고 하나님께 감사의 기도를 올렸다.

(3) 소총기도 대포기도

연풍교회에 권 모 집사님이 계셨다. 어느 날 사택을 찾아와서 하는 말이 "목사님. 저를 위해 기도를 부탁드립니다."라고 했다. "집사님이 기도하시면 되지요."라고 했더니, "아닙니다. 제 기도는 소총기도이고 목사님의 기도는 대포기도 아닙니까!"라고 했다. 나는 이 때 소총기도라는 말과 대포기도라는 말을 처음 들었다.

그래서 "기도 제목이 무엇입니까?"라고 물었더니 한두 가지가 아닌 다섯 가지나 되었다. 첫째는 우리 부모님 예수 믿게 기도해 주십시오. 두 번째는 좋은 처녀 만나 결혼하게 해 주십시오. 셋째는 좋은 직장을 구할 수 있게 기도해 주십시오. 넷째는 스님이 되어 절에 가 있는 동생이 예수 믿게 해 주십시오. 다섯 번째로는 다른 동생 한 사람도 예수 믿게 해 주십시오. 이렇게 다섯 가지였다.

이 기도 제목을 들으니 앞이 캄캄해졌다. 그 부모님은 동네에서도 유명한 분들인데 부부싸움을 시작하면 벌거벗은 채로 한길까지 나와서 싸우곤 하는 분들이었다.

결혼 문제도 그렇다. 직장도 없이 시골 부모님 밑에서 농사를 짓는 총각에게 시집오려고 하는 처녀가 어디 있겠는가? 그런데 곧 죽어도 좋은 처녀를 찾으니 어불성설이었다. 거기다가 또 좋은 직장까지 구하도록 기도해 달라니 어쩌면 좋을지 몰랐다. 그 뿐 아니다. 스님이 되어 절로 들어간 동생이 집으로 돌아와 예수 믿게 해 달라는 기도는 아무리 생각해도 가망이 없는 기도였다.

그러나 성도가 기도를 부탁하는데 부정적인 말을 할 수 있겠는가? 그래서 "같이 기도합시다."라는 말을 하고 보낸 다음 매 새벽마다 그야말로 대포기도를 했다. 얼마의 시간이 지나고 교회가 부흥회를 하려고 했지만 강사가 마땅치 않았다. 교인들의 요청에 의해서 내가 부흥회를 인도하게 되었다.

대대적으로 광고를 하는 중에 아마도 권 집사가 부모님과 절에 가 있는 동생에게 꼭 한 번만 참석해 달라고 간청을 했던 모양이다.

부흥회가 시작이 되었다. 첫날밤인데 권 집사의 부모님들이 교회당에 나오셨다. 그리고 맨 뒤편에 승복을 입은 스님이 한 분 앉아 있었다. 옳거니! 때가 왔구나. 하는 생각이 들었다. 첫날 집회가 끝난 뒤 스님을 사무실로 불렀다. 아무도 들어오지 못하게 문을 걸어 잠그고 "오늘 우리 둘이 밤을 새워서라도 결판을 냅시다. 스님이 먼저 설법을 펴 보세요. 나를 불교신자로 만들어 보십시오. 시간은 얼마든지 드리겠습니다."라고 말했지만 스님은 "할 말이 없습니다."라고만 했다. 그러면 "제가 말할까요?"라고 했더니 그러라는 것이었다.

대학생 선교회에서 말하는 4영리 즉 (1) 하나님은 당신을 사랑하십니다. (2) 사람은 죄에 빠져 하나님으로부터 떠나 있습니다. (3) 예수 그리스도만이 사람의 죄를 해결할 수 있는 유일한 길입니다. (4) 예수 그리스도를 '나의 구주, 나의 하나님'으로 영접해야 합니다. 등등의 주제로 장장 한 시간이 넘도록 설파(說破)했다. 그러나 반응이 없었다. 그를 위해 간절한 기도를 하고 계속 집회에 참석해 줄 것을 부탁하고 보냈다.

그 스님은 집회가 끝 날 때까지 꼬박꼬박 참석을 잘했다. 마지막 날 새벽기도에도 참석을 하더니 저를 찾아와 하는 말이 "목사님. 저는 오늘 절로 들어갑니다."라는 것이 아닌가! 정말 허탈하기 짝이 없었다. "좋습니다. 잘 가십시오. 그러나 내가 새벽마다 당신을 위해 기도한다는 것을 잊지 마십시오."라고 하여 보냈다.

그 후로 열흘 정도가 지난 어느 날 스님이 날 찾아 왔다. "목사님. 제가 절에 들어가 새벽 예불을 하려고 하면 목사님이 나를 위해서 새벽마다 기도하신다는 말씀이 생각나서 예불을 할 수가 없었습니다. 그래서 짐을 싸가지고 돌아왔습니다."

할렐루야! 가장 어렵게 생각했던 기도제목이 맨 먼저 이뤄졌다.

그 부흥회 이후 권 집사님의 부모님도 교회에 잘 나오셨다. 우여곡절이 있긴 했으나 나중에 모두 집사님이 되고 권사님이 되셨다. 또 집사님의 동생들도 신앙생활을 잘 했다. 그래서 내가 그 또래 청년들을 모아서 "실로암 형제 회"라는 조직을 만들어 주었더니, 정말 형제처럼 지내면서 신앙생활을 잘했다. 얼마 전에 들었지마는 70대를 바라보는 나이들인데도 지금도 그 멤버들이 주기적으로 만나고 있다는 소식이다.

그래도 아직 이뤄지지 않은 다른 기도가 있다. 그것은 권집사님의 결혼과 직장 문제였다. 그런데 어느 날 권 집사가 아가씨를 한 사람 데리고 왔는데, 충주 어느 은행의 직원이라는 것이다. 키도 훤칠하고 첫인상이 순해 보였다. 얼마 후 권 집사님이 그 규수와 결혼을 하였다. 나중에 교회 재정부에 편입시켜 회계 사무를 맡겼더니 얼마나 잘 처리하는지 감탄할 정도였다.

마지막 남은 기도는 직장 문제였다. 두어 달이 지난 후 권집사님이 나를 다시 찾아왔다. "목사님! 청주서문교회에 사찰집사 자리가 있는데 갈까요, 말까요." 하고 물었다. 그래서 내가 말하기를 "사찰집사 노릇만 하려면 가지 마십시오."라고 했지만, 권 집사님은 얼마 후 사찰집사로 들어가고 말았다.

나중에 내가 청주에 나가서 개척을 할 때 권 집사님이 계신 서문교회로 심방을 갔더니 권 집사님이 계시지 않았다. 그 부인에게 어디 갔느냐고 물었더니 "야간 신학교를 다닙니다."라고 했다. 할렐루야!

몇 년이 지난 후 권 집사님으로부터 전화를 받았는데, "목사님. 제가 목사가 되어 지금 강원도에서 목회를 하고 있습니다."라는 것이다. 할렐루야! 그 후로도 나는 총알기도를 하는 신도들이 있으면 대포기도로 도왔다. 백발백중은 아니지만 대포가 적중하여 섬광(閃光)을 발할 때마다 할렐루야를 외치면서 말이다.

(4) 별에 별 사람

내가 시무한 연풍교회는 특이한 구조를 가진 교회였다. 교회와 담장 하나를 사이로 빙 둘러가며 교인들이 살고 있었다. 장로님 가정이 셋이나 연접해 있었고, 권사님과 집사님 가정들이 교회를 감싸고 있었다. 그런 구조가 때로는 편리하기도 하고 좋을 때도 있지만 그렇지 않을 때도 많다. 그들도 목사 가정의 사정을 잘 알겠지만, 그들 가정에서 일어나는 일들도 상세하게 알게 되는 경우가 있기 때문이다.

그 이웃 중에 홀시어머니를 모시고 사는 여 집사님 가정이 있었는데, 술버릇이 좋지 않은 남편 때문에 큰 소리가 잦았다. 그 집에서 큰소리가 나면 교역자로서는 여간 곤란한 게 아니었다. 그 남편은 교회에 나오지도 않았지만 술에 취하기만 하면 온 식구를 못살게 들볶기도 하고 손찌검도 더러 하는 것 같았다. 그날도 큰소리가 계속되더니 밤중쯤 되었는데, 그 며느리 집사님이 남편의 행패를 견디다 못해 목사네 사택을 피난처로 생각하고 찾아온 것이다.

어쩔 수 없이 자다가 일어나 아이들 방을 내주고 숨겨주었다.

그 다음날이었다. 그 남편이 다시 술을 먹고 목사 댁을 향해 큰 소리를 지르기 시작했다. "목사 네가 내 마누라 책임질래?" "네가 데리고 살아라."는 등, 별의 별 욕을 다하면서 우리 집 주변을 맴돌고 있었다.

그 사람도 맨정신일 때는 여성처럼 얌전한 사람이지만, 술에 취하면 딴사람이 되는 것이다. 그러니 "술 취한 개"라는 말도 있는데 어쩌겠는가! 그날은 참고 있다가 그 다음날 그 사람을 사무실로 불렀다. 아무리 취했다고는 하지만 어떻게 목사에게 그런 욕을 할 수 있느냐면서 내가 잘 못한 것이 무엇인가고 따졌다. 우리 집이 아니었다면 당신의 아내가 이 엄동에 어디 가서 얼어 죽을 수도 있는데, 잘 보호해 주었으면 고맙다는 인사는 못할망정 이게 무슨 행패냐고 나무랐다. 그랬

더니 "잘 못했습니다. 다시는 안 그러겠습니다."라 하고 돌아
갔다. 그 후로는 약주를 하고 주정(酒酊)을 하는 경우가 더러
있었지만 목사에게 욕을 하는 일이 없었다. 아무리 취중이라
고는 해도 그 의지에 따라 언행을 조정할 수 있다는 것을 알
게 되었다. "취중진언(醉中眞言)"이라는 말처럼 말이다.

(5) 꿈에서 천국을 보다.

연풍교회에서 시무할 때 일이다. 어느 날 내가 곤히 잠들었
는데 하늘나라에 올라가는 꿈을 꾸었다. 찬란한 천국 문을 들
어서니 아주 멋진 건물들이 즐비하게 줄지어 있었다. 살펴보
았더니 아주 예쁘게 지어진 2층 건물에 "여순준이 지은 집"
(저의 장모님 성함이다.)이라는 팻말이 있었다. 그래서 생각
하기를 장모님은 집사라도 저렇게 좋은 집이 있는데, 나는 목
사니까 더 좋은 집이 있겠지 하고 고개를 쳐들고 살펴보았지
만 내 이름으로 된 집은 없었다.

마침 그 때 내가 서 있는 자리를 보니 누가 건물을 짓다가
버려둔 빈터가 하나 있었다. 콘크리트 기초를 한다고 했는데
너무 허술하여 손으로 만져도 부서지는 기초였다. 그래서 안
타까운 나머지 여기다가 내가 훌륭한 집을 지어야 되겠다고
생각하고 있는데, 몸에서 광채가 나는 어떤 분이 내게로 다가

오셨다. 직감적으로 우리 주님이라는 것을 확신했다. 그래서 그 분께 매달려 부탁을 드렸다. "제가 여기에 튼튼한 집을 다시 짓겠습니다."하고 말이다.

그 주님이 연민에 찬 음성으로 말씀하시기를 "어려울 텐데! 네가 할 수 있겠느냐?"라는 것이었다. 그래서 나는 눈물을 흘리면서 "아무리 어려워도 하겠습니다."라고 대답하고 깨어보니 꿈이었다.

그래서 그 때부터 교회를 개척하여야 하겠다는 생각 때문에 좌불안석이 되었다. 나중 하나님 앞에 설 때 교회도 하나 개척하지 못하고 무슨 변명을 할 것인가 하는 마음이 들었기 때문이다.

9 청주남들중앙교회를
개척하다.

교회 개척을 위해 기도하던 중 충북노회 교역자회에서 기금을 갹출하여 교회를 개척하기로 하였다는 소식을 들었다. 내 기도를 응답하기 위해 하나님께서 목사님들을 동원하신 것이라 믿는다.

교회를 개척할 담임목사를 구하는데 그 조건은 (1) 부흥회를 잘 인도하는 사람. (2) 청년들과 어린이 주일학생을 잘 지도할 수 있는 사람, (3) 나이가 30대인 사람을 찾고 있었다.

자랑 같지만 그 당시 나는 충북노회 안에 있는 교회는 물론 타지 교회까지 약 60여 회 부흥집회를 인도했었고, 주일학교나 여름성경학교 강사로도 많이 다녔으며, 나이도 30대였다. 그래서 내가 선택을 받았고 결국 개척교회를 하게 되었다.

그러나 문제는 물질이었다. 생활비는 교역자회의 보조를 받는다고 해도 집과 교회당은 내가 마련해야 했다. 그래서 보물 1호로 가지고 있었던 피아노를 팔고, 집에서 보고 있던 TV도 처가에다 팔았다. 애지중지하며 키우던 포인터(개)도 팔아서 그럭저럭 청주시 수곡동 교대 근처에 조그마한 2층 집을 전세로 얻었다. 예배실을 따로 준비할 여력이 없었기 때문에 우선 우리가 살 집을 마련한 것이다.

이 전셋집은 방이 두 개인데 좀 큰 방은 예배실로 쓰고 작은 방은 아이들 방으로 쓰려고 계획했다. 큰 방에서 부부가 잠을 자다가 새벽기도 시간이 되면 이불을 아이들 방에 던져 넣고 자던 방에서 예배를 드렸는데, 그것이 지금 남문교회 전신인 청주남들중앙교회이다.(신시가지가 조성된 그 곳이 바로 청주 "남들"이었다) 처음에는 책상을 강대상으로 삼고 아내와 아이들을 교인으로 삼아 예배를 드렸다. 역사적인 그날이 바로 1975년 10월 14일이었다.

그리고 틈이 나는 대로 각 교회를 방문하여 모금을 하였고, 모금을 한 내역과 그 지출상황을 "남들 중앙교회 개척통신"이란 회보를 제작하여 노회 내 교회에다가 자세하게 보고를 하는 방식으로 투명성을 강조하였더니, 많은 교회가 동참해 주었다. 당시 교역자회의 보조는 그해 10월부터 12월까지 석 달은 매달 6만 원, 그 이듬해는 매달 4만 원, 그 다음해는 매달 2만 원이었고, 그 다음해엔 보조가 끊어지는 조건이었다.

* 개척교회를 시작할 때 나의 생활강령은 다음과 같았다.
(a) 대중교통을 이용한다(택시 안 타기)
(b) 절식하기(외식 기타 값진 음식 안 사먹기)
(c) 절약하기(예를 들면 치약 대신 소금으로 이 닦기)

(d) TV 안 보기.(그 시간에 기도하고 모금 구상하기)

(e) 교회를 위해서는 구걸도 하지만 나를 위해서는 절대로 구걸하지 않는다.

(f) 절대로 걱정 안 하기 등등이었다.

이런 원칙을 범하지 않기 위해 무던히도 애를 썼다. 그러나 한 번은 밤중에 신장결석으로 죽을 것 같아서 어쩔 수 없이 택시를 부른 것이 전부였다. 아내가 한 번은 내일 아침 끼닛거리가 없다고 했지만 "걱정 안 하기"라고 되 뇌이며 잠을 자고 일어나보니, 장독 위에 쌀이 조금 있어서 아침을 해결했던 적도 있었다. 나중에 알게 되었지만 감리교에 나가는 여자 집사님이 기도하던 중 무엇을 좀 갖다 드려야겠다는 생각이 들어서 아무도 몰래 장독 위에다가 쌀을 가져다 두었다고 들었다. 엘리아의 까마귀는 20세기에도 있다는 것을 확신한다.

그리고 문제는 예배처소였다. 교인들이 교회라는 간판을 보고 찾아 왔다가도 방에서 예배를 드리니까 다시 돌아가곤 했다. 그래서 교회당을 마련하는 것이 급선무였다. 각 교회를 돌면서 모금도 하고 열심히 노력하여 3개월 만에 40평짜리 2층을 전세로 얻었다.

(1) 원한을 품은 아가씨

그 무렵 한두 사람씩 교회를 찾아오는 사람이 있었다. 그 중에는 교육대학 교수부부도 있었으나 교회생활을 열심히 하지는 않았다. 그래도 개척교회이니까 얼마나 힘이 되는지 몰랐다. 그리고 20여 리 밖에서 찾아오는 분들도 있었는데, 그 중에 김영돈·홍용희 신혼부부가 있었다. 물론 그 부인이 내가 직전에 시무했던 연풍교회와 관계된 분이다. 이 부부는 열심히 교회를 섬기고 신앙생활도 잘했다.

내가 "황야의 소리"라는 제목으로 설교를 했더니 은혜를 많이 받았다고 하면서 아들을 낳아 그 이름을 "소리"라고 지었다. 김영돈 집사는 어쩌다가 모진 병에 걸려 일찍 세상을 떠났지만 어려울 때 큰 힘이 되어준 고마운 마음 잊을 수가 없다. 그래서 소리 남매가 하나님의 큰 사랑과 복을 받으며 살아가기를 간절히 바라면서 기도하고 있다.

그리고 잊지 못하는 또 한 사람이 있다. 그해 12월 초쯤이었을 것이다. 스물 대여섯 정도로 보이는 날씬한 아가씨 한 사람이 교회를 찾아왔다. 키도 크고 군살 하나 없는 몸매이긴 하지만 건강해 보이진 않았다. 상담을 하던 중 그 아가씨는 3~4년 전부터 어떤 남자에게 원한을 품고, 그 원수를 갚기 위해 자신을 혹사시키며 사는 사람이라는 것을 알았다.

왜 그 같은 원한을 품게 되었는지는 물어보지 않았지만, 그 사람을 만나면 단숨에 죽이기 위해 여러 가지 무술을 배웠다는 것이다. 그래서 태권도를 비롯하여 다른 무술까지 합쳐 5단이나 되는 기술을 연마한 처녀였다. 자나 깨나 그 원수만 생각하고 원수 갚는 일만 생각하고 살았다는 것이다. 그러다 보니 자기 몸이 망가질 대로 망가져 있었다. 그리고 무리한 운동을 하였기 때문에 여기저기 성한 곳이 없었다. 사랑의 감정이 아닌 미움의 감정을 수년이나 지니고 살았으니 다른 장기도 온전할 리가 없었다. 그래서 그녀를 조용히 불러서 침이나 뜸을 떠주기도 하고, 부항을 붙여 주기도 하면서 돌팔이 의사 노릇을 했다.

그리고 그녀의 손을 꼭 붙잡고 간곡하게 기도를 하면서 부탁을 했다. "밤낮 원수를 갚겠다는 생각만 하며 살았으니 얼마나 힘이 들겠느냐. 그러니 원수를 갚기도 전에 아가씨 몸이 다 망가졌으니 그게 과연 무슨 소용이냐, 이제는 그 무거운 짐 내려놓으라. 당신의 원한은 하나님이 갚으실 것이니, 모든 것 다 잊고 신앙을 회복하라."고 말이다.

그 아가씨가 눈물을 펑펑 쏟으면서 고맙다는 말을 여러 번 하고 돌아갔다. 그 후로는 교회에도 열심히 나왔지만, 내가 교회를 떠난 후론 그 아가씨의 소식을 듣지 못해 안타까울 뿐이다. 지금도 가끔 그 아가씨를 생각하면서 좋은 신랑 만나 아들딸 낳고 신앙생활 잘하면서 평범하게 살아 주었으면 하는 생각을 하기도 한다.

(2) 특별 기도회를 하다.

때는 1975년 12월 10일경으로 기억하는데 청년들과 학생들 몇 명을 모아놓고 특별 기도회를 열었다. 그때 교인은 장년이 6~7명, 고등학생들 10여 명 정도였는데, 다 나오지 못하고 청년 두어 사람과 학생 7~8명이 나왔다. 열심히 기도회를 인도하면서 이렇게 부르짖었다. "여리고성이 이중성벽이었는데 그 성이 무너질 때 외성과 내성이 함께 무너졌기 때문에 이스라엘 백성들이 승리할 수 있었던 것처럼, 교회당을 지을 대지와 건물을 동시에 주십시오. 그것도 "3월이 지나기 전에 주십시오."라고 눈물로 기도했다. 그 때 우리 교회 저금통장에 7만 5천 원 밖에 없었는데 무슨 배짱으로 그 같은 기도를 드렸는지 모를 일이다.

(3) 찰떡 장사를 시키다.

그러던 중 그해도 어김없이 성탄절이 다가왔다. 청년들 4~5명과 학생 7~8명을 동원하여 2인 1조로 청주시내 각 교회를 다니며 찰떡장사를 하게 하였다. "청주남들중앙교회 건축기금 마련을 위한 모금"이라는 어깨띠를 두르고 말이다. 학생들이 청주 시내를 돌면서 떡을 팔고 돌아와서 하는 말이

"교회에 가서 제일 푸대접을 받았다."는 말을 이구동성으로 했다. 오히려 시내를 돌 때는 수고한다는 말과 함께 떡을 사 주었다는 것이다. 그럼에도 불구하고 청년들과 학생들은 더 열심을 냈고 교회는 조금씩 성장하고 있었다.

(4) 1일 다방을 열다.

기도에는 분명히 입으로 하는 기도가 있고 손으로 하는 기도가 있다. 입으로 기도를 하였으니 그 기도를 손으로 이루어야 한다고 설교하면서, 청년들과 학생들을 불러 모아서 티켓을 판매하여 1일 다방을 열었다. 수입이 많고 적음이 문제가 아니라, 교회를 구체적으로 사랑하는 마음을 심어주고 싶었다.

또 1일 다방을 찾아오는 사람들을 상대로 상담도 하고 기도를 해주는 프로그램이었다. 1일 다방에 동참한 인원은 청년 두세 사람과 학생 육칠 명이 참여하여 무사히 1일 다방을 마칠 수 있었다. 하루 종일 1일 다방을 하느라 서 있었기 때문에 모두들 발등이 소복하게 부어 있었다. 그러나 교회를 위하고 주님을 위한 일이기에 모두가 기쁜 마음으로 봉사하였다. 이때 함께 봉사활동을 했던 학생들 중에 두 사람이 목사가 되었고 장로와 권사가 된 이들도 있다.

(5) 기적이 일어나다.

위에서 언급한 것과 같이 대지와 건물을 동시에 허락해 달라고 기도는 하였으나 이루어질 것을 아무도 믿지 않았으리라 여긴다. 그런데 기적이 일어난 것이다. 처음으로 우리 교회에 나와서 예수님을 믿게 된 두 가정이 있었는데, 그 남편들은 교회에 나오지 않았지만 교회에 대하여 매우 우호적이었다. 그 중 한 여신도의 남편이 나를 찾아오셨다. 그 분은 모 새마을금고의 책임자이셨다. "목사님! 이 수곡동의 땅값이 자꾸만 올라가고 있으니, 어디 조그마한 땅이라도 미리 사놓는 것이 좋을 듯합니다."라는 것이었다. "돈이 있어야지요!"라고 했더니, "제가 대출해 드리겠습니다."라고 말하는 것이 아닌가! 내가 잘 못들은 것이 아닌가 하고 다시 "예?"하고 물었더니 "대출을 해 드리겠습니다."라고 재차 말씀하는 것이었다.

"저는 담보를 할 것도 없고 갚을 능력도 없습니다."라고 하였더니, "담보도 필요 없습니다. 신용담보로 빌려 드리겠습니다."라는 것이다. "고마운 말씀입니다만 제가 힘이 없습니다."하면서 사양했더니, "다시 한 번 생각해 보세요, 목사님을 안 믿으면 누구를 믿겠습니까?" 그래서 대출 한도를 물었더니 50만 원이란다. 지금 가치로 생각해도 상당한 돈이지마는 그것 가지고는 대지를 구입할 수 있는 금액은 아니었다. 그래서 "그 돈으로는 여기서 땅을 살 수 없지 않습니까?"라고 했더니, "세 계좌(計座)를 하면 될 것입니다. 목사님과 사모님 앞으로 각각 한 계좌씩하고, 다른 집사님 앞으로 한 계좌, 이렇게 세 계좌(計座)면 조그마한 땅을 구입할 수 있을 것입니다."라는 것이다.

얼마나 감사한 일인가! 하나님이 예수를 믿지 않는 사람을 통해서도 이렇게 역사 하시는구나 하는 생각을 하고, "그렇게 해 주신다면 한번 힘을 내 보겠습니다."라고 했다. 그날로 서류를 구비하고 150만 원을 대출받아 수곡동의 땅 60여 평을 구입하였다. 그날이 바로 3월 27일이었다. "3월 안으로 주십시오."라고 기도한 것이 이루어진 것이다.

(6) 교회당을 건축하다.

처음에 그 땅을 구입할 때는 그 땅을 기반으로 하여 차츰 키워나갈 계획이었으나, 우선 예배처가 급하기 때문에 그 땅에다가 조그맣더라도 교회당을 건축하기로 작정하였다.

마침 그때 청주 세광고등학교가 오래된 옛 건물을 헐고 새로 교실을 건축하려는 계획을 하고 있었다. 그 건물이 목조와가(木造瓦家)인데 그 건물을 그대로 옮겨 짓기로 한 것이다. 벽은 블럭으로 쌓고 그 목재와 문짝, 기왓장과 기타 재료를 모두 그대로 사용할 계획으로 싼값에 구입하였다. 건평 40평 중 10평은 사택으로 쓰고 30평은 교회당으로 사용하기로 한 것이다.

벽돌공 한 사람을 기용하여 내가 뒷수발을 하는 것으로 하고 건축을 시작했다. 벽을 시멘블럭으로 쌓아 올릴 때 지지대 (아시바)를 3~4단으로 만들고, 그 위에 올라가 일을 하면 지지대가 몹시 흔들린다. 하루 종일 일을 하고 나면 밤에 잠자리에 들어도 마치 지지대 위에 올라가 있는 것처럼 온 방이 흔들거린다. 잠도 제대로 자지 못하고 다음날 또 같은 일을 하곤 했다. 그러다가 보니 무리가 되어 코피가 줄줄 흘러도 솜으로 코를 틀어막고도 계속해서 일을 했다.

그렇게 공사를 하던 중 어느 날 밤중이었다. 소변을 보니 소변에 피가 벌겋게 섞여 나오고 아랫배가 견디지 못할 정도로 아팠다. 지금 생각해 보면 아마도 수분공급을 제대로 하지 않아서 그랬을 것이라는 생각이다.

다급하니까 아내가 택시를 불러 함께 병원을 찾아갔다. 가면서도 나는 하나님께 이렇게 기도했다. "하나님. 지금 아프다고 누워 있을 수 있는 시간도 없을 뿐 아니라, 죽을 시간도 없습니다. 하나님이 고쳐 주셔야 합니다."라고 말이다.

그러면서 이 병원 저 병원 찾아다녀 보았으나 한밤중이라 모두 문을 열어주지 않았다. 그래서 다시 택시를 돌려 청주제일교회 집사님이 운영하는 약방으로 가서 사정을 이야기하였더니, 요도결석 같다고 하시면서 집에 가서서 맥주를 많이 드시고 소변을 보라는 것이다.

맥주도 먹지 못할 때여서 사이다를 사가지고 와서 마신 다음 한참 후에 소변을 보는데, 요석이 나오다가 소변 중간에 요도에 딱 멈추어 선 것이다. 그 고통은 치통, 산통(産痛)과 함께 인간 3대 고통 중 하나라고 할 만큼 말로 표현할 수 없는 고통이었다. 또다시 물을 많이 마시고 힘을 주어 소변을 보았더니 그 돌이 툭 튀어나왔다. 그런 고통을 당하고도 그 다음 날 다시 건축 일을 했다.

여러 가지 어려움이 있었지만 그 일을 계속하여 4월 3일 시작한 공사를 7월 10일에 완공하고 입당 예배를 드렸다. 공사를 하는 3개월 동안 한 번도 일꾼 노임을 미루지 않았고, 외상 하나 없었다. 이 모두 하나님께서 이 모양 저 모양으로 채워주셔서 완공한 것이다.

이렇게 기도가 응답되어 모든 일이 순조롭게 진행되니 어떤 동료 목사님이 "저 사람 정보부에서 돈을 받아서 교회당을 짓는다."고 소문을 냈다. 정보부가 무슨 할 일이 없어 피라미 목사에게 돈을 주겠는가 말이다. 그래서 내가 대답하기를 "내 혓바닥을 땅에 박고 죽는 한이 있어도 부정한 돈으로 성전건축을 하지 않는다."고 했다. 이런 우여곡절 끝에 교회는 알찬 부흥을 이룩하여 대예배 5~60명 정도 모이는 교회가 되었다. 이 교회가 바로 오늘 청주시 사직동 교대 앞에 있는 남문교회의 전신인 청주남들중앙교회이다.

(7) 걸레회 회장이 되다.

청주에서 교회를 개척할 때 일이다. 젊은 목회자들 십여 명이 모여 "걸레회"라는 모임을 조직하고 내가 회장이 되었다. 한 달에 한 번쯤 모여서 목회에 대한 고충도 나누고, 목회계획도 세우는가 하면, 토론이나 연구발표도 하고, 합심기도를 하는 모임이었다.

그 이름이 걸레회라는 것 때문에 많은 선배 목회자들에게 적잖은 핀잔을 받기도 했다. 왜 하필이면 "걸레회"냐고 말이다. 그 이유는 한마디로 걸레와 같은 정신으로 살아보자는 취지였기 때문이다.

걸레란 별로 쓸모없는 천들이 모여서 이루어진 것이다. 이같이 우리들도 별 볼 일 없는 존재들이라는 사실이며, 세속적인 눈으로 보면 가장 미천한 자들이요, 보잘것없는 자들이라는 점에서 그렇다.

그러나 걸레는 꼭 필요한 존재이다. 걸레가 없이는 살 수가 없다. 이런 점에서 우리 모두 어디서나 언더스탠드(understand) 즉 아래에 서서 걸레처럼 없어서는 안 되는 존재가 되자는 의도였다. 그리고 더러운 것을 마다하지 않고 치우는 것이 걸레였기 때문이다.

목회자가 되었다는 것은 천사가 되었다는 것도 아니며, 성자가 되었다는 의미도 아니다. 걸레처럼 부정과 부패와 불의와 비리. 그리고 죄와 악을 치우는 세상의 걸레가 된다는 의미일 뿐이기 때문이다.

우리는 흔히 "소돔 같은 거리에도, 아골 골짝 빈들에도" 찾아가서 어떤 고난도 감수하겠다는 찬송을 곧잘 한다. 그러나 실제로는 어떠한가? 이렇게 우리 인간은 상황이나 조건을 보기도 하지만 걸레는 그렇지 않다. 용감하게 자신을 투신하며 어디에나 주인의 명령을 따라간다. 걸레는 자기 마음대로는 한 발짝도 움직이지 못한다. 다만 주인의 뜻에 따라 순종할 따름이다. '내 뜻대로 마옵시고 당신의 뜻대로 하옵소서.'이다.

인간은 자기 능력 이상의 지위나 자리를 탐하지만 걸레는 그렇지 않다. 걸레는 걸레로 만족하는 것이다. 걸레는 절대로 분수에 지나는 행동을 하거나 행주행세를 하지 않는다. 오만도 자만도 없이 겸손히 사는 것이 걸레이며, 스스로 높아지려 하지 않고 자기 위치에서 만족하는 것이 걸레이다.

그리고 걸레는 주인의 방망이에 두들겨 맞음으로 정결케 된다. 물세례인 회개와 말씀의 방망이에 의해 날로 새로워져야 하는 당위성을 가진다. 정결케 되지 않고서는 더러움을 치울수가 없기 때문이다. 그리고 걸레는 다 닳아 없어질 때까지 헌신한다는 점에서 목회자의 상징이기도 하다. 목회자는 배

스메스로 가는 암소와 같이 마지막에는 순교의 제물이 될 것도 각오하고 가는 걸음이요, 삶이기 때문이다.

예수님은 실제로 이와 같은 삶의 모범을 보이신 분이시다. 예수 그리스도야말로 더러움을 씻는 우주의 걸레셨다. 수천 년의 역사 속에서 인간의 영혼을 닦는 전무후무한 걸레이셨다. 예수님은 인간의 모든 질고와 우고, 근심, 걱정, 불안, 공포. 그리고 죄와 악을 치우는 걸레이셨다. 그리하여 이 땅에 참 평화와 기쁨, 사랑, 진실, 참삶의 가치를 가져다주신 분이셨다. 그래서 걸레회라고 이름했던 것이다.

우리 주님이 걸레이셨는데 우리가 아직 깨끗한 천으로 남아 있기를 고집한다면 그는 이미 주님의 제자가 아닐 것이다. 낮아져야 한다. 높은 마음으로 안 되는 것이 목회이다. 더러운 것을 치우려면 더러운 것을 무서워하지 않는 혼이 있어야 한다. 더러운 것에 물들지 않는 고귀한 신앙이 있어야 한다. 스스로 낮아지는 걸레의 희생정신이 없고서야 어떻게 주님의 뒤를 따른단 말인가? 나는 누가 무어라 하건 앞으로도 걸레의 정신과 걸레의 혼으로 살아갈 것이다. 우리는 한낱 걸레 같은 존재이기 때문이다.

10 다시 고향교회로 돌아오다.

(1) 고향 금릉교회 재 시무.

앞에서 언급한 것 같이 교회가 빌린 융자의 은행 불입금도 3개월만 더 갚으면 모든 부채가 끝나는 상황에서 내가 피와 땀을 쏟아가며 개척한 교회를 사임하고 이임한다는 것은 보통의 결단이 아니었다. 목회자의 가장 큰 고충은 정을 떼고 정을 붙이는 일이라고 여긴다. 그 중에서도 제일 어려운 것은 열심히 교회를 함께 섬겨온 교인들과의 정을 떼고 이별한다는 것이었다. 특히 함께 눈물을 흘리며 개척에 동참해준 청소년들을 뒤로하고 떠난다는 것은 몹시 괴로운 일이었다.

그러나 그럴 수밖에 없었던 이유는 고향에 계신 어머님 때문이었다. 내가 대구에서 신학교를 다닐 때 어머님이 정수리 부분에 피부암이 발생하여서 제가 모시고 병원을 다니면서 치료받아 완치되었었는데 20여 년이 지나서 재발한 것이다. 그래서 병원에서도 가망이 없다는 진단을 받은 터였다.

형님이 가까이 계시기는 했지만 역시 형님도 목회를 하고 계셨고, 나도 목회를 하느라 부모님께 너무 많은 불효를 저질렀다. 특히 고향을 떠나 멀리 충북에서 목회를 하였기 때문에 자주 뵙지도 못했고, 따뜻한 식사 한 끼 제대로 대접해 드리지 못한 죄스러움 때문에 마음이 아파 죽을 지경이었다. 이대로 어머님을 보내 버리면 천추(千秋)에 한이 될 것 같았다.

그래서 고민하고 있을 즈음 고향 금릉교회의 김강호 장로님께서 청주에 있는 나를 다시 찾아오셨다. 목회자가 없으니 다시 금릉교회로 오시라는 간곡한 부탁을 하셨다. 그래서 앞뒤 돌아볼 것도 없이 이것이 하나님의 뜻이구나 하는 생각에 고향교회로 갈 것을 결심하기에 이른 것이다.

개척교회는 잠시도 교역자 없이 비워둘 수 없기 때문에 직접 후임 물색에 나섰다. 기도하면서 후임을 찾다가 오송교회를 시무하고 계신 손상철 목사님이 생각나서 찾아가 자초지종을 말씀드렸더니 허락을 하셔서 홀가분한 심정으로 남들중앙교회를 떠날 수 있었던 것이다.

1978년 5월 2일부로 "청주남들중앙교회"(지금은 청주남문교회)를 사임하고 금릉교회로 부임하였다.

그 때 내가 석사 논문을 쓰기 위해서 수십 개 교회를 방문하면서 자료를 수집할 때였다. 그날도 오토바이로 충북지방 교회들을 방문하면서 자료를 수집한 후 돌아와 보니, 어머님의 상태가 심상치 않았다. 어머님의 정신이 오락가락하였고, 며칠을 넘기기가 어렵게 보였다. 그래서 형제들에게 연락을 하였더니 모두 모였다. 그 자리에서 어머님께 찬송가 한 곡을 불러달라고 부탁드렸더니, 사람도 잘 알아보지 못하시던 분이 "하늘가는 밝은 길이"라는 찬송과 "내 주를 가까이 하려 함은"이라는 찬송을 가사 하나 틀리지 않고 낭랑하게 부르셨다.

다른 형제들이 모두 돌아가고 그 다음날인 1979년 1월 11일 새벽에 주무시듯 세상을 떠나셨다. 내가 충북에서 시무하고 있었더라면 어머님의 소천도 지켜보지 못하는 불효를 범할 뻔했다는 생각을 하니 개척한 교회를 떠나 고향으로 오기를 잘했다는 생각을 하지 않을 수 없었다.

(2) 목회학 석사학위 취득

목회라는 것은 물과 같아서 흐르지 않으면 상하기 마련이다. 그래서 대학원 과정을 공부하기로 작정한 것이다. 그 당시 한신대학교가 반정부학생운동에 앞장섰기 때문에 정부의 미움을 받아 여러 가지 불이익을 당했었다. 그래서 한신대학에서 석사과정을 할 수가 없었기 때문에, 총회가 결의하여 선교교육원에서 석사과정을 할 수 있게 되었다. 목회를 하면서 서울을 오르내리며 2년 동안 공부를 하였고, 천신만고 끝에 1980년 2월 29일 기장 선교교육원 제 1기 목회학석사학위를 취득하였다.

(3) 오토바이 사고와 성서 연구

내가 김천시 초교파교역자연합회 회장을 할 때였다. 1년에 두어 차례 천렵 겸 친목회를 개최하기도 하였고 그런 덕택에 친교가 잘되고 있었다. 그런데 내가 베델성서연구에 대한 책도 발간하고 전문성이 있다는 소식을 들은 회원들의 요구로, 김천 직지사 근처에 숙소를 정하고 베델성서연구를 공부하기로 했다. 이 소식을 모든 교회에 알리기 위해 주일 오후 시내 여러 교회를 방문하던 중, 지좌동 근처에서 오토바이가 빙판에 넘어져 어깨뼈를 다치는 사고가 났다. 접골원에 가서 깁스를 하였으나 다음날부터 약 20여 명의 목사님들이 모이는 수련회가 있기 때문에 입원을 할 수가 없었다.

그 다음날 예정대로 성서연구를 진행하였는데 아침부터 자정이 가깝도록 일주일 내내 강의를 했다. 오른팔을 다쳤기 때문에 왼손으로 식사를 하면서 진행했는데, 고통이 너무 심하여 연신 진통제를 먹어가면서 무사히 교육을 마쳤다. 그 외에도 목회자 베델성서연구를 여러 번 실시했고, 가는 교회마다 졸업생을 배출했다.

(4) 예수교 장로회(중앙) 목사수련회 인도

그 때였다. 서울의 예장 중앙총회 교역자들이 내게 베델성서연구 수련회를 부탁해 왔다. 부곡온천 모 호텔에 숙소를 정하고, 월요일부터 금요일 밤까지 수련회를 개최하였다. 목사님들이 150여 명 정도가 모였는데 사뭇 진지했다.

거기서 베델성서 연구 수련회를 하던 중 영혼불멸에 대한 강의를 해야 하는 시간이 되었다. "우리 기독교가 말하는 부활이라는 것은 다른 어떤 종교와 같이 영혼이 불멸성을 지녔기 때문이 아니라, 예수님처럼 죽었다가 예수님처럼 다시 사는 몸의 부활이라."는 것을 강의했다. 그랬더니 지금까지 전통적으로 영혼불멸을 믿어 왔는데, 왜 영혼불멸사상을 파괴하느냐는 반발이 나왔다. 만약 우리가 영혼불멸을 믿는다면 부활신앙을 송두리째 파괴하는 것이 된다. 영혼불멸 사상은 불교의 윤회설과 샤머니즘의 영향을 받은 것이고, 특히 육과 영을 둘로 나누는 헬라 이원론에 기인한 것이어서 우리가 배척해야 할 사상이라는 것을 역설했다.

그리고 한국교회가 사도신경을 통해서 "몸이 다시 사는 것을 믿습니다."라고 고백하는데, 그 몸이라는 것은 예수님의 부활체가 그러한 것처럼 육(肉)이 다시 사는 것을 믿는다는 고백이다. 예수님께서도 "나를 만져 보아라. 혼과 영은 뼈와 살이 없지만 나는 있느니라."라고 하시지 않았는가? 두말할 것 없이 우리는 예수님처럼 죽었다가 예수님처럼 다시 사는 "몸의 부활"을 믿는 것이다. 한국교회가 빨리 헬라 이원론에서 벗어나 몸의 부활신앙을 회복했으면 하는 바람이 간절하다고 강의했으나 반신반의하는 눈치였다.

11 포항교회를 시무하다.
(1987년 12월 28일)

(1) 포항에선 처음으로 데모를 주도하다.

1982년 3월 3일부터 포항교회를 시무하였다.(지금 푸른숲 성산교회) 포항교회가 포항시 해도동에 있을 때인데, 그 당시 초교파 청년모임인 포항 EYC를 내가 지도하고 있었다. 그 때 독재에 항거하는 민중항쟁이 불일 듯 일어나고 있을 때였다.

날짜는 1987년 6월 10일 전후로 기억한다. EYC 소속 청년들과 포항 죽도시장 개풍약국 사거리에서 데모를 하기로 되짜듯 말 짜듯 약속을 했다. 그래서 그날 죽도시장 사거리로 나갔다. 데모를 한다는 소식을 듣고 족히 천여 명은 됨직한 인파가 거리를 가득 메웠고, 전투경찰들도 백여 명이 출동해 있었다. 그런데 문제는 데모를 주도하기로 한 청년들이 약속 시간이 지났는데도 나타나지를 않는 것이었다. 나중에 안 일이지마는 청년들이 어떤 다방에 모여서 데모의 방법을 숙의하고 있는데, 경찰들에게 입구를 봉쇄당해서 나오지 못하였기 때문에 시간을 지킬 수 없었다는 것이었다.

그것도 모르고 사방을 둘러보아도 청년들은 보이지 않고 아는 사람이라고는 포항제이교회 시무하시는 김흥길 목사님뿐이었다. 그 목사님에게 "우리 죽어도 찍소리라도 한번 하고 죽자"라고 했더니 흔쾌히 승낙을 하는 것이었다. 그래서 두 사람이 사거리 한복판으로 나갔다. 시선이 모두 우리 두 사람에게로 쏠렸다. 여기저기서 "용기 있다. 저 사람 누구야"라며 웅성거리는 소리가 들렸다.

그러나 한 번도 그런 경험이 없었기 때문에 무엇을 해야 할지 몰랐다. 두 사람은 사거리 중앙에 서서 통일의 노래 등, 몇 가지 노래를 부르다가 구호를 몇 번 외치고 만세삼창으로 식을 끝냈다. 포항이 생긴 이래로 민중집회는 처음이었기 때문에 솔직히 겁도 났고, 대중을 어떻게 이끌겠다는 준비도 없었기 때문에 빨리 끝낸 것이다. 먼저 청년들과 약속하기를 만약 죽도시장 사거리에서 저지를 당하면 제2 장소인 포항역 광장에 모여 집회를 하자고 약속했기 때문에 얼른 그 자리를 떠나 역전으로 가보았지만 거기도 청년들이 없었다.

그것으로 내 임무를 다했다고 생각하고 집으로 돌아와 쉬고 있는데, 청년들이 다시 모여 죽도시장 사거리에서 데모를 한다는 소식이 들렸다. 그래서 다시 죽도시장 개풍약국 앞으로 나갔다. EYC 청년들은 물론 많은 인파가 데모에 동참하고 있었다. 이 데모를 저지하기 위해서 백여 명의 경찰들이 완전무장을 하고 길을 막고 있었다.

그래서 내가 데모대를 대표하여 경찰서장과 타협을 시도했다. 죽도시장에서 시청까지만 행진하고 자진 해산하겠다는 약속을 했다. 그런데 데모대가 차츰 많아지자 겁을 먹은 경찰이 길을 열어 주지 않았다. 경찰 벽을 뚫고 전진하려 하자 경찰들이 최루탄을 쏘려고 방독면으로 다시 무장을 하는 것이었다.

경찰의 무전기를 빌려 서장과 다시 타협을 시도했다. "만약 당신들이 최루탄을 쏜다면 걷잡을 수 없는 사태가 벌어질 것인데, 그 때는 나도 책임지지 않겠다."고 으름장을 놓았다.

서장도 내 말을 옳게 여겨 무장을 해제하고 최루탄을 쏘지 않겠다고 했다. 그러나 데모대가 점점 많아지자 경찰들이 또다시 중간에서 길을 막고 행진을 못하게 하는 것이었다. 그때마다 경찰서장과 타협하여 길을 내고 시청에까지 행진하는데 성공했다. 포항 시청 앞에서 노래도 부르고 구호도 제창하면서 두어 시간 데모를 하다가 종료를 선언하고 나는 집으로 돌아왔다.

그런데 밤 1시가 넘어서 경찰서장에게서 전화가 왔다. 경찰서에 와서 청년들을 데려가 달라는 것이었다. 청년들이 또 다른 장소에서 데모를 계속했기 때문에 그 청년들 십여 명을 체포하여 유치장에 가두었다는 것이다. 그런데 목사님이 오셔서 이 청년들을 좀 데리고 가라는 것이었다. "청년들을 유치장에서 내보내면 될 걸 왜 나를 오라고 하느냐?"고 했더니, 내 보내주어도 나가지 않고 유치장 안에서 계속 데모를 하고 있다는 것이었다.

그래서 밤중에 경찰서로 갔다. 가보았더니 청년들의 요구가 세 가지가 있었다. 그 청년들의 요구는 먼저 경찰 서장이 와서 사과할 것. 두 번째는 잃어버린 가방과 부서진 카메라를 보상할 것. 세 번째는 다친 청년들을 치료해 줄 것 등이었다. 그 요구를 들어주지 않으면 나가지 않겠다는 것이었다.

그래서 유치장과 서장실을 오가면서 협상을 시도했다. 먼저 청년들에게 설득하기를 서장이라는 직책은 기관의 어른인데 그가 여기 와서 사과를 하는 것을 나도 원치 않는다. 그 대신 서장 밑에 다른 과장급이 사과하는 것으로 하자고 설득을 했다. 잘 모르지만 보안주임인가 하는 분이 서장을 대신하여 사과를 하였고, 다른 두 가지는 다 경찰 측에서 들어주기로 했기 때문에 그들을 데리고 경찰서 밖으로 나올 수가 있었다.

경찰서 마당에는 이웃 시군에서 포항의 데모를 진압하기 위해 차출된 의경들 백여 명이 앉은 채로 졸고 있었다. 그런데 풀려나자마자 경찰서 정문에서 해단식을 하겠다는 것이었다. 그 때가 새벽 두시가 넘었는데 다시 약 10여 분간 노래를 부르고 구호를 외치고 나서야 마무리하였다. 이런저런 결과로 당시 노태우 대통령의 6.29 선언을 이끌어 낸 것이라 여긴다.

(2) 교회가 핍박을 받다.

내가 데모를 주도하고 인권운동을 하는 것 때문에 목회가 순탄하지 못했다. 교회예배 때에도 형사들이 뒷자리는 지키고 있었고, 사업을 하는 장로님들을 감시하기도 하고, 압력을 행사하였기 때문에 사업에도 지장이 있었다고 들었다. 이런 저런 이유로 제직들이 불만을 제기하기 시작했다.

엎친 데 덮친 격으로 바로 그 때 전라도 광양에 광양제철이 생겼다. 우리교회는 포항제철에 다니는 교인이 거의 태반인데, 그들이 광양으로 하나둘 이사를 가기 시작한 것이다. 그 해 1년을 통계해 보니 가정 수로 32가정이 이사를 가고, 교인 수로는 67명이 빠져나갔으니 교회 하나가 빠져나간 셈이다. 그래서 200여 명이 모이든 교회가 120명 수준으로 줄어들었다. 목회자로서는 맥 빠질 일이었다. 그래서 가라앉은 교회 분위기를 내가 다시 부활시키는 것이 어렵다는 것을 깨닫고, 다른 목회자가 와서 새 출발 할 수 있게 하려는 생각을 하게 되었다.

그래서 하나님께 기도하기를 생활비가 많든 적든 제일 먼저 소개되는 교회로 가겠다는 기도를 했다. 그때 내게 소개된 곳이 구미복지회관이었다. 포항교회에서는 그 때 사례금으로 60만 원 정도였는데, 구미복지회관은 35만 원 정도였다. 하지만 그렇게 기도하였기 때문에 복지회관 관장으로 부임하였던 것이다.

12 구미 복지회관
관장이 되다.

내가 교회목회를 하다가 기관목회를 하게 된 것도 우연한 것이 아니다. 내가 원해서 된 것도 아니고 어쩌다 등을 떠밀려 타의 반, 자의 반으로 구미복지회관으로 가게 되었다. 그러나 거기서 내가 해야 할 일이 있었기 때문에 하나님이 보내셨다고 믿었다.

교회 목회를 하다가 기관목회를 해보니 외롭기가 짝이 없었다. 그 외로움이야 장기판의 졸의 운명이겠거니 했지만, 다른 교인들은 물론 심지어 동역자들에 까지도 나를 "인권하는 목사"로 낙인찍어 목사가 해서는 안 될 일이나 한 사람처럼 여겨 정말 참기가 어려웠다.

(1) 노동자들의 대부가 되다.

1987년 12월 28일부터 1992년 9월 15일까지 구미 기독교 복지회관 관장으로 재직하였고, 1991년 2월부터 1992년 9월 까지는 구미시 NCC회장 및 인권위원장이 되어 인권운동에 몰두하였다.

내가 복지회관 관장이 된 지 얼마 안 되어서 낙동강 페놀폐수유출사건이 터졌다. 페놀패수를 정화하는 시설이 있었지만, 약간의 경비를 절약하기 위해서 폐수를 그대로 낙동강으로 방류시켰던 사건이다. 이로 인하여 페놀폐수로 오염된 물을 먹고 얼마나 많은 사람이 병에 걸렸으며, 얼마나 많은 사람이 후유증으로 고통을 겪었는가는 하나님만 아실 일이다. 그래서 "페놀폐수유출 대책위원회"를 만들고 위원장"이 되었다. 그 회사를 찾아가 항의도 하고, 많은 시위를 주도했다. 그래서 내가 TV에 몇 번 방영된 것으로 안다.

그리고 "산동골프장 대책 위원장"이 되어 그 주변 주민들과 함께 골프장 건설을 저지하려고 많은 노력을 했지만, 모 거물급 국회의원이 수억 원의 리베이트를 받고 추진하는 공사였기 때문에 큰 권력과 싸우는 것이 그리 쉬운 일은 아니었다.

그리고 복지회관 관장으로서 13개의 재야 단체와 함께 풀뿌리 민주주의의 정착을 위해 최선을 다했다. 노사 간의 문제나 노동자들이 불이익을 당할 때 그들을 대변하여 시장을 만나기도 하고, 경찰서장을 찾아가곤 했다. 그래서 노동자들을 위해 상담도 하고 결혼 주례도 많이 했다. 명실공히 대부 노릇을 했다고 생각한다.

얼마 후에 어떤 정당의 지역 책임자가 나를 찾아왔다. 국회의원에 출마하시면 모든 경비는 물론 선거운동까지 모두 다 해드릴 터이니 출마를 약속해 달라는 것이었다. 나는 단호하게 거절하였다. 나는 하나님의 선지자로서 하나님의 뜻을 이 땅에 실현하기 위해 노력하는 사람이지, 권력을 탐하는 사람도 아니고, 어떤 당을 지지하는 것도 아니라고 분명하게 말하여 보냈다. 모르긴 하지만 그 때 국회의원에 출마하여 당선이 되었더라면, 백낙원 목사라는 사람은 그 존재조차도 없어졌을 것이고 속물이 되었을지도 모를 일이다.

(2) 고속도로 밖으로 떨어진 사람

아마 1990년 1월 1일로 기억한다. 설날이기 때문에 수원에 계시는 숙부님을 찾아뵈려고 눈이 마구 휘날리는 이른 아침에 출발했다. 경부고속도에 들어가서 김천을 지나 추풍령 조금 못 갔는데, 눈이 내린데다가 노면(路面)이 얼어서 많이 미끄러웠다.

남쪽 지방에는 눈이 잘 오지 않기 때문에 보편적으로 눈길 운전이 미숙했던 것이 사실이다. 내 생각에는 약 50㎞ 정도로 달린 것 같은데도 너무 빠른 것 같아 브레이크를 약간 밟는 순간 차가 비틀거리면서 중앙 분리대를 받고 튕겨서 고속도로 밖으로 떨어지고 말았다.

그 순간 아내가 벼락같이 "주여"라고 외쳤다. 정신을 차려 보니 차가 뒤집히지 않고 그대로 20m가 넘는 계곡으로 미끄러져 내려가고 말았다. 차에서는 뿌연 연기가 피어나오고 있었다. 위를 쳐다보니 고속도로에 지나가는 차가 보이지 않을 정도였다. 옆 좌석의 앉은 내자에게 괜찮으냐고 물었더니 괜찮다고 했다. 살펴봐도 큰 부상은 없는 것 같았다. 나는 백미러에 이마가 긁혀 피가 흐르고 있었다. 차가 폭발할까 염려가 되어 아내에게 빨리 나가자고 하면서도 차 안에 있는 물건들을 챙겼다. 내가 만든 표구액자의 유리도 깨지지 않았고 숙부님께 드릴 꿀 병도 깨지지 않았다. 짐을 챙겨서 양손에 들고 고속도로 밑의 조그마한 통로를 통해 국도로 나왔다.

지나가는 트럭을 세워 같이 타고 김천으로 가는 중에 기사님이 물었다. "눈이 오는데 어떻게 여기서 차를 타느냐"고 말이다. 그래서 사고 이야기를 하였다. 그랬더니 내 얼굴을 자세히 보다가 두 분은 무엇을 하는 분이냐고 묻기에 목사라고 했더니 "그러면 그렇지!" 하고 무릎을 쳤다. 저렇게 높은 고속도로 밖으로 차가 굴렀는데, 죽지 않은 것을 두고 신의 가호라고 생각한 것 같았다. 나 자신도 그런 사고에도 불구하고 죽지 않은 것은 내가 아직 할 일이 남았기 때문에 하나님이 지켜 주신 것이라 믿고 감사하지 않을 수 없었다.

13 김천시 감문면
삼봉 교회 시무

(1) 삼봉 교회 시무.
(1992년 9월 10일 ~ 1994년 11월 24일)

구미복지회관 관장으로 두 번째 4년 임기로 재임하고 있었는데, 풀뿌리 민주주의가 시행되면서 내가 해야 할 일이 많이 줄었다. 또 다른 여러 가지 이유도 있고 하여 사임을 해야겠다는 생각을 하게 되었다. 하나님께서는 또 다른 일이 있어 나를 다른 곳으로 보내시려 하시는 것 같았다. 마침 김천 근교에 있는 김천시 감문면 삼봉교회로 전임하게 되었다.

그 지역 이름을 삼봉이라고 하는 이유는 동리를 중심으로 동쪽과 북쪽, 그리고 남쪽에 세 개의 산봉우리가 있어, 삼삼봉의 약칭으로 삼봉이라고 칭했다고 전한다. 이 교회는 주로 참외를 많이 재배하는 지역으로 교인이 약 4~50명 정도밖에 안 되지만, 경제적으로는 탄탄한 교회였다. 교인 대다수가 농사를 하는 농촌이라 소박하면서도 순수한 인심을 가지고 있어 여간 좋은 동리가 아니다.

그런데 이 삼봉교회가 40년이 넘도록 해결하지 못한 문제가 하나 있었다. 그것은 교회가 위치한 대지가 YMCA소유였다. 지금은 없어졌기 때문에 교회 부지로 구입하려 해도 그 관리를 맡고 있는 감문기독교현합회가 과도한 대금을 요구하고 있어 뜻을 이루지 못했었다. 감문면사무소에서는 면사무소대로 교회 앞으로 명의 이전을 해주는 대신 은근히 많은 대가를 요구하고 있었다.

생각다 못해 YMCA 총연맹과 연락을 취하여 해결방법을 모색했다. 그 당시 시무장로였던 노정범 장로님을 설득하여 장로님의 포도밭 200여 평을 YMCA 재단에 대신 등기해 주고, YMCA명의로 되어 있는 교회 부지를 교회 앞으로 이전하는데 성공했다.

삼봉교회로서는 40여 년을 해결하지 못한 문제를 해결하였지만, 감문기독교 연합회의 반발이 심했다. 그러나 YMCA 총회의 허가를 받은 것이기 때문에 더 이상 말을 못했고, 금릉군청에 가서 등기까지 완료하였기 때문에 면사무소에서도 한발 물러서고 말았다. 40년 동안 해결하지 못했던 일을 해결하였으므로 오늘의 교회당이 그 자리에 설 수 있게 된 것이다.

(2) 방귀이야기

이 삼봉 교회에서 시무할 때 이야기를 하나 더 해보자. 귀가 아주 많이 어두운 권사님 한 분이 계셨다. 어느 날 배가 몹시 아파서 병원을 다녀온다면서 사택에 들려 내게 하는 말씀이, "목사님! 배에 가스가 찼다는 데 가스가 뭐예요."라고 물었다. 알아듣기 쉽게 "방귀가 가스라"고 설명했더니, 배를 움켜쥐고 웃으시면서, "가스가 방귀구나. 목사님은 별것을 다 알고 계시네. 나는 밥할 때 가스를 많이 먹어서 그런가 했더니 방귀가 가스구나. 그렇지 않아도 방귀가 잘 안 나와요. 방귀가 잘 나오게 하려면 어떻게 하면 되나요?" 하면서 정색을 하고 묻는 것이 아니겠는가! 보리밥을 많이 잡수시면 된다고 이야기해 놓고도 그 효험에 대해서는 장담을 할 수 없는 일이었다.

체내에서 생긴 가스가 체외로 분출되는 것은 극히 정상적인 생리현상이다. 그런데 지극히 정상적인 생리현상이 때로는 사람을 웃기기도 하고 울리기도 하는 경우가 있어 문제다.

방귀 이야기가 나왔으니 말이지만 방귀에 얽힌 희비쌍곡선이 한둘이 아니다. 첫날밤에 너무 조심하느라 애쓰던 새색시가 불시에 분출된 가스 때문에 소박을 당했다는 옛이야기로부터, 시아버지 앞에서 가스를 분출한 며느리가 민망한 나머지, 등에 업힌 아기를 보고 "애가 버릇도 없이"라고 했더니, 아기가 말하기를 "엄마가 뀠으면서 괜히 나보고 그래"라고 하는 바람에, 얼굴이 빨갛게 되어 도망쳤다는 이야기 등이다.

목회 초년생일 때 이야기이다. 교인이 운명하셔서 서툴기 짝이 없는 솜씨로 시신을 씻기고, 수의를 입히는 마지막 염습

(殮襲)을 했다. 내가 돌보던 성도는 사후까지도 내가 책임지고 돌본다는 것이 나의 신념이기 때문이다. 누구나 그렇겠지만, 시신은 백번을 만져도 언제나 섬뜩한 기분이 들고, 등골에 식은땀이 괴이게 마련이다. 조심스럽게 수족을 거두고 있는데, 시신이 난데없이 방귀를 펑하고 뀌어 얼마나 놀랐는지 모른다.

그리고 또 몇 년 전의 일이다. 아내를 수술실에 들여보내 놓고 하릴없이 복도를 서성거렸다. 이때 남편의 심정은 경험해 보지 않은 사람은 이해하지 못할 것이다. 아내의 수술이 잘 끝나고 회복실을 거쳐 병실에 누워 있을 때, 가장 조바심 나게 기다려지는 것이 방귀였다. 그 다음 날 눈을 뜨자마자 "방귀 나왔어" 하고 물었고, 방귀가 나왔다는 소식은 최고의 희소식이었다.

그리고 얼마 전 동료 목사님께서 맹장 수술을 받았다. 뒤늦게 병원을 찾은 나는 역시 아내의 방귀를 초조하게 기다렸던 경험을 살려 방귀 소식부터 물었다. 이렇게 기다리고 기다리는 방귀가 때때로 원자탄만큼이나 무서울 때도 없지 않다.

신문에도 보도된 사실이지만 시집도 안 간 아리따운 규수가, 1분에 한 번꼴로 발산되는 방귀 때문에, 시집도 못가고 있다는 소식과 함께, 그 병을 고쳐주는 분에게는 후사하겠다는 말도 빼지 않았다. 도대체 이런 안타까운 일이 또 어디 있으며 당사자는 얼마나 절박하겠는가 말이다.

그런데 이 방귀 병 걸린 아가씨처럼 안타까운 처지에 있는 것이 우리나라라는데 문제가 있다. 미국이 속이 거북하면 그 가스가 우리나라에서 분출되고 만다. 일본이 자국의 정치 사정 때문에 독도를 자기네 땅이라고 하니 우리나라에서는 더 많은 방귀가 분출되고 있으며, 일본 총리가 신사에 참배한 일로 우리나라 전역이 속이 부글부글 끓고 있다. 그 외에도 중국이나 러시아 속사정까지 살펴 대비해야 하니 한심한 노릇이다. 쉴 새 없이 터지고 있는 이런저런 방귀들 때문에 이젠 방독면을 착용하여야 할 것으로 보인다.

매사에 불요(不撓)튼튼이란 말을 명심하고, 앞으로 불어 닥칠 모든 오대양 육대주 방귀까지 대비해야 할 것이다. 아무리 강조해도 지나치지 않는 것이 있는데 그것은 "적당히"라는 말이다. 모든 것이 넘치지도 않고 모자라지도 않으며, 적당히 되기를 바라고, 어떤 일이 있어도 바위처럼 든든하기를 간절히 바랄 뿐이다.

(3) 경북노회 노회장 역임

1993년 3월 15일부터 1994년 3월 15일까지 한국기독교 장로회 경북노회 노회장을 역임하였다. 내가 평소에 노회 내의 제도개선이 필요하다는 것을 느낀 바 있어 몇 가지 개혁한 것이 있다.

1) 기구개혁이다.

노회의 기구들은 시대가 급변함에도 불구하고 노회가 생긴 이래로 수십 년 동안 변함없이 유지 존속되고 있었다. 그래서 기구개혁위원회를 만들고 내가 위원장이 되었다.

(1) 정보위원회 신설 : 정보화를 통해 복음전파와 목회자들과 신도 간의 대화를 위한 목적이었다.

(2) 예전위원회 신설 : 교회의 예전이 중구난방(衆口難防)이었기 때문에 통일을 꾀할 뿐만 아니라, 전통과 교회예전, 그리고 격식에 있어 오류를 범하는 일이 없기를 바라서였다.

(3) 노회 임원부부 수련회 개설 : 노회 일은 담당자인 목사와 장로들만 하는 것이 아니다. 부인들의 적극적인 협조가 있어야 가능한 일이라고 생각했다. 그래서 1박 2일 정도로 임원부부수련회를 개최하고 그 기간 동안 정기노회 준비를 완벽하게 하자는 취지였다.

(4) 노회 교직자 체육대회 신설 : 노회원 서로 간의 친목 도모를 위한 방편이었다. 체육대회 우승기는 자비로 만들었고, 1년에 두 차례 시행하기로 하였으나 오늘날에는 한 차례만 시행되고 있다.

14 경주 나아교회에
부임하다.

(1994년 11월 28일~2004년 3월 22일)

(1) 일등 목사?

삼봉 교회에 시무하고 있을 때다. 나를 나아교회에 소개한 어떤 장로님은 "백 목사는 인권운동만 하지 않으면 1등 목사지요."라고 소개 했다는 것이다.

"백낙원 목사는 다 좋은데 인권운동 하는 것이 흠이지"라는 말을 들을 때 말문도 막히고 중치도 막혀버린다. 그러면 인권운동을 하는 것이 비성서적이란 말인가? 과연 필요 없는 행동이이란 말인가를 자신에게 몇 번이고 반문해 보았다.

그러나 성경엔 『또 왼편에 있는 자들에게 이르시되 저주를 받은 자들아 나를 떠나 마귀와 그 사자들을 위하여 예비 된 영영한 불에 들어가라. 내가 주릴 때에 너희가 먹을 것을 주지 아니하였고 목마를 때에 마시게 하지 아니하였고, 나그네 되었을 때에 영접하지 아니하였고, 벗었을 때에 옷 입히지 아니하였고, 병들었을 때와 옥에 갇혔을 때에 돌아보지 아니 하였느니라 하시니, 저희도 대답하여 가로되 주여 우리가 어느 때에 주의 주리신 것이나 목마르신 것이나 나그네 되신 것이

163

나 벗으신 것이나 병드신 것이나 옥에 갇히신 것을 보고 공양치 아니하더이까. 이에 임금이 대답하여 가라사대 내가 진실로 너희에게 이르노니 이 지극히 작은 자 하나에게 하지 아니한 것이 곧 내게 하지 아니한 것이니라 하시리니, 저희는 영벌에 의인들은 영생에 들어가리라 하시니라』(마 25:31-46)는 말씀이 있고,

잠 21:13절엔 『귀를 막아 가난한 자의 부르짖는 소리를 듣지 아니하면 자기의 부르짖을 때에도 들을 자가 없으리라』는 말씀들을 볼 수 있다. 그런데도 목사가 인권운동을 하고, 사회참여를 한다고 손가락질을 한다면 오늘의 교회의식이 잘못된 것이 분명하지 않은가 말이다.

그래서 나는 인권운동이나 사회 참여가 분명히 성서적이요, 하나님의 명령이라고 믿는다. 그렇다면 뉘라서 거역하겠으며, 세상 사람들이 다 나의 적이 된다고 해도 이 걸음을 멈추어서는 안 된다는 것이 나의 소신이다. 앞으로도 비록 그 길이 십자가와 통하는 길이고, 이사야처럼 톱날에 켜이는 한이 있다고 해도, 하나님의 뜻을 따라 최선을 다할 것이다.

구약의 예언자들이나 선지자들도 모두 사회의 부조리와 불의와 모순들과 싸운 사람들이다. 인간의 기본 권리, 즉 인권신장을 위해 투쟁했고, 민중의 인권 때문에 죽임을 당한 것 아닌가. 세례요한도 그렇고 바울이나 예수님까지도 불의한 조

직과 사회의 모순에 프로테스트(protest)하시다가 고난을 당하고 죽임을 당한 것이라 여긴다. 그렇다면 이 십자가를 지고 나에게 주어진 길을 묵묵히 걸어갈 것이다. 이것이 진정한 크리스천의 의무요 본분이기 때문이다.

(2) 기적의 마중물

1994년 11월 28일. 나아교회에 부임할 당시에는 교회 상황이 아주 좋지 못했다. 교회당 건물은 겨우 세워져 있었으나 세부공사가 미완성인 상태였고, 내부적으로도 문제를 안고 있었다. 나아교회가 개척한 봉길교회가 월성원자력 부지확장 공사로 인하여, 철거하지 않으면 안 되었기 때문에, 노회가 나아교회와 합병을 하도록 결의했다.

합병할 때 나아교회와 김 모 전도사간에 모종의 약속이 있었는데, 서로 간의 기대치가 달라 의견의 불일치가 생겼고, 김 전도사와 전임 목사님 간에 알력이 심했었다. 그래서 그 목사님도 사임을 하셨고, 교인들도 서로 편당이 생겨 불목하고 있었다.

상황을 파악한 나는 그 김 전도사를 불러 경주 어디쯤이라도 개척을 하면, 우리 교회가 소유하고 있는 집 세 채 중에서 두 채를 팔아 도와줄 뿐만 아니라, 적어도 3년간은 재정적으로 도움을 주겠다고 제안했다. 그러나 김 전도사가 거절하였기 때문에 문제가 생기고 말았다. 결국 전도사가 당회장 명령을 거역하는 일이 발생했고, 박 모 장로님과 전도사 부인 간의 다툼이 일어나서 소송사건으로 번졌다.

그런데 최종단계에서 담당 검사가 김 전도사를 불러 놓고, 그 잘못을 호되게 꾸짖는 것을 보았다. 검사가 말하기를 법원의 판결이 나면 벌금형이나 실형이 내려질 것이라 했다. 그래서 판결이 나기 전에 교회가 김 전도사에 대한 고소를 취하하였다. 누가 잘못을 저질렀는가를 가리려고 하는 것이지, 김 전도사가 벌을 받는 것을 원치 않았기 때문이다. 그 사건으로 인하여 김 전도사가 교회를 이임하지 않을 수 없었고, 그것으로 사건은 마무리 되었지만, 이 일로 인하여 나는 강성목회자로 낙인이 찍히고 말았다.

내가 김전도사에게 주기로 한 집 두 채의 약속을 지키기 위해 그 집을 노회에 기증했다. 노회에서는 거기에 수양관을 만들기로 하였지만, 결국 여의치 않아 매각하기로 결의하였다. 그러나 불경기라 매수자가 나타나지 않았다. 그래서 나아교회도 어려운 상황이었지만 다시 교회가 매입하기로 결의하였다. 그 금액 6천만 원과 교회가 미리 저축해 둔 개척자금 약 2천만 원을 합하여 8천여만 원을 노회에 헌납하였다. 노회는 그것을 기금으로 하여 구미장로교회와 함께 지금의 구미 새 길교회가 설립된 것이다. 조그만 농어촌교회지만 하나님의 나라 건설을 위해 마중물을 부은 것이라고 행각한다. 여기서 내가 마중물이라 하였는데 그 마중물에는 놀라운 비의(秘 意)가 숨어있다.

　옛날 우리가 어릴 때는 상수도가 없었다. 그때는 우물물을 두레박으로 긷기도 했지만, 좀 형편이 나은 집에서는 펌프를 이용하여 지하수를 퍼 올려 사용하였다.

　펌프에는 피스톤 역할을 하는 부분이 있는데 거기가 가죽으 로 덮여 있어서, 오래 사용하지 않으면 가죽이 말라 물이 올 라오지 않는다. 그러면 물을 조금 부어서 가죽을 적신 다음 펌프질을 하면 물을 길을 수가 있다. 이렇게 가죽을 적시기 위해 붓는 물을 마중물이라고 한다.

　영어로는 priming water라고 하는데, 펌프에 마중물을 붓 다라는 말로 쓰인다. (또 은어(隱語)로서는 남녀 간에 성관계 시 서로를 맞이하기 쉽도록 분비되는 소량의 분비물을 말하 기도 한다.) 어떻든 마중물이란 충만한 복을 받기 위해서는 꼭 필요한 것임에 틀림없다.

　우리 주님은 이 광야와 같은 이 세상에서 영원한 생명을 얻 을 수 있도록 영생수를 감추어 두고 계신다. 그 영생수를 마 시고 영원히 살 수 있는 방법을 성경이라고 하는 조그마한 책에 기록해 주셨다.

요한복음 3:16절 "하나님이 세상을 이처럼 사랑하사 독생자를 주셨으니 누구든지 저를 믿는 자마다 영생을 얻으리라."는 말씀대로이다.(66권의 요약이다) 그러므로 주님의 기록된 말씀을 믿고 그대로 순종해야 한다. 이는 어려운 일이 아니라 믿고 따르기만 하면 누구나 얻을 수 있는 영생이요 축복인 것이다.

오늘날 우리 교회들이 시행하고 있는 여러 가지 헌금과 아주 작은 봉사, 더 작은 기도라도 그것이 마중물이 될 때, 사막과 같은 이 세상에서 놀라운 역사를 일으키는 것을 성경역사에서 많이 찾아볼 수 있다. 우리가 당장에는 어렵고 급하다고 해도, 그 마중물을 마시지 않고, 펌프에 붓는 믿음이 있어야 한다. 그러면 하나님께서 우리에게 풍부한 은혜와 복을 부어주신다는 것이 성경의 약속이다.

어린 소년이 바친 오병이어가 마중물이 될 때, 놀라운 기적이 일어나서 5천 명이 먹고도 열두 광주리가 남았던 사건이라든지,(마14:17-20) 3년이나 계속되는 가뭄에 먹을 것이라고는 가루 한 움큼과 병에 기름 조금밖에 없어서, 마지막으로 나무를 주어다가 빵을 구워 먹고, 아들과 함께 죽으려 했던 사르밧 과부가, 그 생명과도 같은 떡을 엘리야 선지자에게 먼저 공양했더니, 가루단지에 가루가 끊어지지 않았고, 기름병에 기름이 떨어지지 아니하여, 7년이나 계속된 흉년에 살아남을 수 있었던 사건(왕상17:8-16)은 우리에게 좋은 본보기가 된다.

나는 오늘날도 사르밧 과부의 기적을 체험하고 있다. 목회를 하는 동안 교회의 협조로 은급비를 20여 년 부었는데, 지금 내 통장이라는 단지에 가루가 끊이지 않으며, 기름도 끊이지 않는다. 사르밧 과부가 먹었던 가루와 기름이 자기가 농사한 것이 아니듯이, 내가 지금 받고 있는 은급비도 내가 부은 것이 아니다. 그것보다 몇 배나 더 넘치는 혜택을 받고 있기 때문이다.

위의 예에서 오병이어와 가루와 기름 조금은 일종의 마중물이라 할 수 있을 것이다. 결국 이 마중물에는 나도 살고 남도 살릴 뿐만 아니라, 서로를 행복하게 하는 비의(秘意)가 숨어있다는 사실을 알고 실천한다면 좀 더 밝고 맑고 살기 좋은 복된 세상이 되리라 믿는다.

(3) 과로로 인한 졸도

나아교회의 목회는 처음 부임할 때부터 여러 가지 문제가 있었기 때문에 순탄하지 못했다는 것은 이미 말씀을 드렸다.

당회원도 네 사람뿐이지만 모일 때마다 의견의 일치를 보기가 쉽지 않았다.

내 생애 마지막 목회라는 생각으로 열정을 쏟았지만 교회 상황이 그렇지 못했다. 목회자인 나로서도 심경(心境)이 불편하여 밤잠을 이루지 못하고 그냥 새벽기도회를 인도하는 일이 많았다.

한 번은 교회의 각 부서 조직을 위해서 연말 당회를 모였다. 지금까지는 서로 돌아가면서 부서장을 맡는 것이 보통이었다. 예년 같으면 몇 분 만에 끝날 수 있는 조직이었다. 그런데 회의가 시작되자마자 J 장로님이 자기가 관리부장을 하겠다고 나섰다. J 장로님의 생각에는 관리부장이 교회의 모든 부서를 총괄하는 것으로 알았기 때문이라 생각된다. 그래서 J 장로님이 자기가 하겠다고 자원을 한 것이었다. 그러니 K 장로님이 "안 된다"면서 반대를 하고 나섰다. 서로가 설전이 벌어져 시간 가는 줄을 몰랐다.

오후 7시에 시작한 당회가 10시가 넘도록 한 치의 양보도 없었다. 당회장인 나로서도 어쩔 수가 없는 일이었다. 아무 말도 못하고 그냥 장로님들의 토론을 지켜보고 있었다. 그러다가 밤이 깊어 정회를 하고 말았다.

그 다음날 다시 모였으나 누구 하나 양보하지 않고 어제의 그 내용을 가지고 다투는 것이었다. 그래서 하는 수 없이 내가 대안을 내놓았는데 다시 총무부장직을 새로 만들어 J 장로님에게 그 부장직을 맡기고 나니, 그 다음에야 당회를 진행할수가 있었다. 이런 일이 비일비재 하였다. 그 가운데 끼어있는 목사는 죽을 맛이었다. 이런저런 어려움을 당하면서도 연말당회를 무사히 마치고 연말제직회를 거처 신년 공동의회까지 모두 잘 마쳤다.

바로 그 주일 밤이었다. 내가 너무 과로하였을 뿐만 아니라 과도한 스트레스로 잠을 제대로 이룰 수가 없었다. 겨우 잠이 들었지만 새벽 2시쯤에 잠이 깨어 화장실을 갔다. 선 채로 소변을 보고 있는데 온 몸의 피가 다 아래로 모이는 것 같더니 나무둥치처럼 정신을 잃고 쓰러지고 만 것이다. 다행히 내자(內子)가 잠결이지만 화장실에서 쿵! 하는 소리를 듣고 달려와 나를 마구 흔들어 댔다는 것이다.

아내의 이야기로는 그때 내가 팔다리를 버둥거렸다고 하지만 정작 나는 아주 편안한 순간이었다. 편안한 단잠을 깨우는 것 같아 내자를 꾸짖으면서 "왜 이래!"라고 소리를 질렀다. 얼마 후 정신을 차려 보니 화장실 바닥에 주저앉아 있었고, 이마의 가죽이 벗겨져 선혈이 낭자했다. 그래서 119를 불러 울산 모 병원에 입원을 하였다.

응급 수술을 받고 입원해 있다가 토요일 날 퇴원을 하였고,

여러 사람의 만류에도 불구하고 그 주일날 설교를 했었다.

(4) 자원 은퇴를 결심하다.
(2004년 3월 22일 65세 자원은퇴)

그런 일을 겪은 후 이대로 목회를 하다가는 내 명대로 살지 못할 것 같다는 생각에 자원은퇴를 결심하게 된 것이다. 내가 자원은퇴를 하겠다고 선포하고 나니 교회가 곧바로 후임 문제를 이야기하였다. 교회가 처한 환경이나 상황은 고려하지도 않고, 좋은 목사를 모시겠다는 것이다. 이런 농촌교회에 그야말로 "좋은 목사"라니! 좋은 목사를 외치면서 총회 게시판에 광고를 하였더니 5~6명의 지원자가 나왔다. 내가 은퇴를 하려면 아직도 6개월도 더 남았는데, 지원자들을 불러다가 선을 보겠다는 것이다.

아무리 은퇴를 할 사람이지만 내가 있는 자리에 다른 사람을 불러다가 설교를 시키고 선은 보는 것은 교회의 도리도 아니지만 내겐 차라리 고문이었다. 어떤 의미에서 신앙이라는 이름으로 이런 잔인한 일들이 오늘 교회라는 공동체에서 자행되고 있는 것이다. 그렇지만 교회의 지도자라는 장로님들은 그러한 것을 아무렇지도 않게 여기는 것 같았다. 나는 끓어오르는 분노를 억제하며 참고 또 견디고 있었다.

교회 장로님들이나 제직들은 좋은 목사라고 외치고들 있었지만 학벌만 좋으면 되는지. 설교만 잘하면 되는지. 기도만 많이 하면 되는지. 인물만 좋으면 되는지. 그 좋은 목사라는 것의 기준이 모호하였다. 이 조그마한 시골 교회가 서울의 유명한 큰 교회의 목사님(큰 교회 시무한다고 다 좋은 목사는 아니겠지만)을 모실 수도 없는 일 아닌가 말이다. 4~5명의 목사님들이 와서 선을 보이고 갔다. 그러나 교회는 별로라고 시큰둥했다. 그러면서 교역자를 선정하지도 못하고 몇 달이 흘러가고 말았다.

드디어 3월 정기노회가 가까워지고 내가 은퇴할 날이 다가오고 있었다. 교회에서는 "백낙원 목사 은퇴준비 위원회"를 만들고 야단법석이었다. 어떻게 은퇴를 하게 해 줄 것인지 자못 기대가 되었다.

그리고 어느 날 밤에 K 장로님이 나를 찾아 왔다. 이런저런 이야기를 하다가 어렵게 입을 떼었는데, 은퇴하시는데 얼마를 드리면 되겠느냐고 솔직한 질문을 했다. 이웃의 어떤 교회는 목사님께 사택을 사 드리기도 했고, 현금으로 상당액을 지불하기도 했다. 그것을 알고 그런지는 모르나 나와 흥정을 하자는 의도였다. 그래서 나는 단호하게 이야기했다. "그것은 장로님들이 알아서 하십시오."라고 하였더니 "그래도 1,000만 원만 드리면 되겠습니까?"라고 했다. "저는 가타부타 말하지 않겠습니다."라고 했더니 나중에 장로님들이 가지

173

고 온 돈은 750만 원이었다. 내용인즉 3월분 사례금과 보너스 도합 300만 원(이것은 교회가 당연히 지불해야 하는 사례금임), 거기다가 3개월을 더해서 모두 750만 원이었다. 이러려고 봄부터 소쩍새가 울었나 싶었다. 그러나 목회를 하는 동안 내가 받을 사례금과 퇴직금을 다 받았는데, 왜 서운해 하느냐고 자책하면서 날짜가 되어 은퇴를 하고 말았다.

  은퇴 후 여 집사님 두 분이 우리 집에 찾아오셔서 이런저런 이야기를 하는 중 은퇴를 할 때 서운하셨지요 라는 말을 할 때, 왠지 눈물이 왈칵 쏟아지는 것이었다. 그 집사님들이 봉투를 두고 가셨는데 확인해 보니 100만 원씩이나 두고 가셨다. 하나님이 두 여종을 통해서 위로를 하신 것이라 믿는다.

15 포항 청하에 터를 잡다.

(1) 주택을 마련하다.

2004년 초에 미리 마련해 둔 포항시 청하면 서정리 668번지에 정착을 했다. 목회를 하는 동안 4남매를 키우고 공부시키고 시집장가보내기까지는 모진 고충이었다. 그래도 많든 적든 사례금을 받으면 아내에게 모두 준다. 그러면 아내는 먼저 하나님 앞에 십일조를 떼고, 그 다음 제2의 십일조를 떼어 내게 용돈으로 준다. 일종의 체면 유지비인 셈이다. 그리고 나머지는 자녀 교육비 기타 생활비로 지출하는 것이다. 아내는 저축 열이 강해서 그 많은 난관 중에서도 조금씩 저축을 했다.

예를 들면 150만 원을 받으면 십일조 15만 원, 내 용돈 15만 원, 적금 100만 원, 남은 돈 20만 원 정도로 한 달을 사는 억척이다. 때로 부족액이 생기면 보너스에서 보충하는 그런 식이었다. 그렇게 모은 돈이 8천여만 원이 되어 현재 우리가 살고 있는 대지, 평수 668평, 건평 약 30여 평 되는 이 집을 구입한 것이다. 그리고 이 집을 리 모델링 하는 데는 고 김헌중 큰사위가 헌신적으로 수고해 주어 지금까지 불편 없이 살고 있다.

(2) 여름 지기가 되다.

우리 말 가운데 "여름 지기"라는 말이 있고, "여름 지이"라는 말이 있다. "여름"이란 더운 계절만을 말하는 것이 아니라, "열음" 즉 "열매"의 옛말이며, 따라서 "여름 지기"란 열매를 맺게 하는 사람(農夫)이라는 뜻이요, "여름 지이"란 열매를 맺게 하는 일, 즉 농사(農事)를 의미하는 순수한 우리말이다. 따라서 농촌이란 말도 우리말로 하면 "여름 곳" 즉 "여름 마을"이 된다.

내가 은퇴를 한 지도 1년이 조금 더 지났다. 그동안 내가 "여름 마을"(農村)로 와서 전적으로 해보지 못한 "여름 지이"를 하자니 말도 못하게 고달프기만 했다.

처음 이곳 주민이 나를 부를 때는 목사님이었다. 그러다가 차츰 목사 아저씨라고 부르더니 이제는 목사라는 말은 생략하고 아저씨라고 부른다. 낯선 "여름 마을"에 와서 정착하는 데 성공하였다는 의미인 것 같아 마음이 기쁘다.

요즘 사회가 도시중심 사회가 되어서 그렇겠지만, "여름 곳"(農村)에 사는 "여름 지기"들은 소외당하고 멸시당하기 일쑤이다. 쌀 한 톨, 과일 한 개, 채소 한 포기를 누구 덕에 먹는데 "여름 지기"들을 그렇게 무시하고 천대한단 말인가.

여름 지기들은 하루에도 몇 번씩 옷을 땀으로 흠뻑 다 적셔낸다. 그러나 여름(열매)을 수확하는 기쁨은 그 무엇에도 비길 수가 없다. 그 땀의 소산을 나누는 기쁨이란 또 다른 행복이 아닐 수 없다.

어느 날 이웃이 물었다. "목사님 쉬는 날은 언제입니까?" "주일날 아닙니까." "주일날은 교회에 가시잖아요? 도대체 목사님은 쉬는 날이 없더군요."라고 하였다. 그렇다. 우리의 안식은 세상 사람이 보는 육체적인 안식이 아니라, 영적인 안식인 것을 그들이 알 리 없어서 하는 말인 것 같다.

진정한 쉼이란 놀고 자는 것이 아니다. 사고의 전환이요, 행동의 변화이며, 좋은 사람과의 만남이요, 특히 복되신 절대타자와의 만남이라고 정의하고 싶다.

사고의 전환이라는 말은 일하면서도 이것은 일이 아니라 건강을 위한 운동이라고 생각하는 것이다. 또는 육체적 노동을 하다가 책을 읽거나 글을 쓰는 것으로 육체적인 노동을 정신적인 노동으로 전환하는 것이다. 그리고 행동의 변화란 같은 일을 계속 반복하지 않고 운동 방향을 바꾸어 주는 것이다. 예컨대 삽질만 하던 것을 바꾸어 괭이질을 한다거나 또 다른 일을 하는 것이다. 나는 일을 하다가 지치면 위층 서예실로 올라가 서예를 하거나, 아니면 서각(書刻)을 하기도 하고 글을 쓰기도 한다. 이렇게 운동 방향을 바꾸어 주면 곧 휴식이 되는 것이다.

그리고 좋은 사람과의 만남은 더없이 즐거운 일이요 참다운 휴식이라 여긴다. 그래서 아무리 바쁜 일이 있어도 우리 집에 손님이 오시는 것이 좋다. 그리고 그 만남이 육체적인 만남이 아니어도 좋다. 책을 통해서거나 아니면 인터넷을 통해서 좋은 사람을 만나고 좋은 작품을 대하고 좋은 음악을 듣는 것이다.

그중에 절대타자이신 하나님과의 만남은 더할 수 없는 즐거움이요 진정한 휴식이라 할 수 있다. 하나님과의 만남은 영적인 즐거움이어서 영과 육을 살찌게 하는 참다운 휴식이요 쉼이라 할 수 있다. 그래서 주의 날이 안식일이 아니겠는가! 진정으로 기진맥진(氣盡脈盡)하도록 일해보지 않은 사람은 진정한 안식의 의미를 절대로 알 수 없다는 사실을 알아야 할 것이다.

요 5:17에 우리 주님께서도 『내 아버지께서 이제까지 일하시니 나도 일한다.』고 하셨다. 그러기에 나도 내가 노력하여 수확한 농산물을 내가 다 먹지 못한다고 하더라도, 이 땅 위에 누가 먹어도 먹을 것이다. 그러므로 "여름"을 맺게 하는 이 보람을 위해 "여름 지이"를 계속해 나갈 것이며, 진정한

"여름 지기"가 되기 위해 끝까지 노력할 것을 다짐해 본다.

(3) 목축을 시도하다.

나는 어릴 적에 많은 고생을 하며 자랐다. 그 때 겪은 그 모든 어려움을 그 때는 고생이라고 생각했으나 지금은 경험이라고 말하고 싶다. 그러한 경험들이 5~60여 년이 지난 지금에 와서 모두 다 내 삶의 보탬이 되고 유익하게 쓰일 줄이야 누가 알았겠는가.

그러한 경험을 되살려 지금은 700여 평이나 되는 땅에 농사를 지을 수 있고, 조그마한 연못을 만들고, 순전히 내 손으로 정자를 지었는데. 목재를 산에서 직접 고사목을 채취하기도 했지만, 흥해제일교회 송태현 장로님께서 김일성이 별장을 지으려고 했던 목재라고 하시면서 좋은 나무를 주셔서 정자를 지었다. 무슨 말씀이냐고 물었더니 김일성이 별장을 지으려고 모아둔 것인데, 홍수로 떠 내려와 동해에 떠 있는 것을 건져 온 것이란다. 김일성의 별장재목으로 정자를 지었기 때문에 거기에 든 돈은 비닐 장판값을 포함하여 7만 원이 채 안 들었다.

총회에서 나오는 은급비만 가지고는 생활비가 부족할 것 같아서 조금이라도 보탬이 될까 하여 소를 먹이고 염소와 닭,

개, 토끼 등등을 키우려는 계획을 했다. 고물상을 찾아다니면서 고철을 구입하여, 개집은 물론 닭장을 지었고, 평생 한 번도 해보지 않은 용접을 배워 40여 평 되는 철골구조 우사를 지었다. 남들은 3천만 원쯤 들여 지었다는 축사를 내가 손수 용접을 하여 3개월 만에 완공했는데, 400여만 원이 들었다. 그리고 우천 시에도 승마를 할 수 있도록 직경 20m 되는 트랙을 지붕까지 덮어서 만들었다. 그리하여 소 다섯 마리, 말 2마리, 염소도 15마리까지 길러 보았다.

그러나 580만 원 주고 구입한 소를 1년을 키워 송아지까지 끼워 팔았는데 350만 원을 받았다. 엄청난 손해를 본 것이다. 이명박 정부 때 불어 닥친 광우병 여파와 수입쇠고기 파동으로 말미암아 내 재산이 반으로 줄었다. 그래도 4년여를 버티어 보았으나 경험이 없는 나로서는 감당키 어려운 일이었다. 그 때 마침 내 몸이 불편해 입원을 하고 있는 동안 아내가 염소까지 모두 처분하고 말았다. 그러나 내가 하고 싶었던 것들을 모두 해 보아서인지 마음이 편하다.

자신 있게 고백하는데 하나님이 오늘에 나를 만들기 위해 어릴 적에 그 같은 경험을 하게 하셨다고 믿는다. 그래서 젊은이들에게 "어릴 적 고생은 사서라도 하라"고 다시 한 번 권하는 바이다. 사람의 일생에 언제 어떤 일이 닥칠지 아무도 모르는 일이기 때문이다.

(4) 황토방을 짓다.

"시작이 반"이라는 말과 같이 내 나름대로 황토방 설계를 하여 건축을 시작했다. 황토방 규모는 가로세로 4m에 5m로 정했다. 먼저 터를 닦고 다진 다음 개울에 있는 돌을 주우다가 기단 석축을 하였다. 기단은 80㎝ 이상으로 하였는데 기단이 높을수록 불이 잘 들기 때문이다. 그리고 제일 밑바닥에 습기 차단을 위해 비닐을 깔고, 그 위에 또 수맥차단을 위해 은박지를 깔았다. 시멘트만 돈 주고 샀을 뿐 주변에 버려진 것들을 재활용한 것들이다.

제일 중요한 것은 좋은 황토이다. 황토에는 적토가 있고, 황토가 있는데 황금색이 나는 황토를 더 선호하는 편이다. 황토 가격을 물으니 2톤을 우리 집까지 배달해 주는데 5~60만 원 정도 되어야 한다기에 절약하는 의미로 내가 자가(自家)조달을 하기로 마음먹었다. 다행히 인근에 적황토가 나는 곳이 있어서 손수 파다가 작은 트랙터로 실어 날랐다. 그러나 그 일은 보통 어려운 일이 아니었다.

어렵게 작업을 하는 것을 본 같은 성씨인 백 모 수의사가 자기 차로 좋은 황토를 두 번을 실어다 주어 걱정 없이 황토방을 지을 수 있었다. 일을 시작하고 보니, 하나님께서 생각지도 않은 사람들을 통하여 도우시는 것을 보고 감사하지 않을 수 없었다.

거의 3개월 여 만에 모든 공사가 끝났다. 요즘엔 거기서 잠을 자는데 어머니 품속과 같은 기분으로 단잠을 이룰 수 있어 얼마나 좋은지 모른다. 여건이 되는 분들은 자기 집에 이런 방 하나쯤 만드시라고 권하고 싶은 심정이다. 이 모든 과정에 있어 하나님의 도우심이 있어 가능했다는 것을 깨닫고 하나님께 감사를 드린다.

내가 황토방을 지었다는 소문이 자자하게 퍼진 모양이었다. 그 때마침 노인복지 시설인 베다니마을 원장이신 배호경 목사님이 병환으로 매우 위중했었다. 들려오는 소문이 "황토방에서 좀 살아보면 한이 없겠다."는 말씀을 하셨다는 것이다. 그래서 생각다 못해 내 몸이 좀 피곤하더라도 배 목사님을 위해 헌신해야겠다는 생각을 했다. 그래서 가까이에 있는 김인태 목사님과 의논하여 황토방을 지어 드리기로 약속했다. 그 때가 12월 초순이었는데 매우 추웠다. 그러나 추위를 무릅쓰고 공사를 진행했다. 물이 얼어서 녹여가며 약 한 달간 공사 끝에 익년 1월 초에 완공하였다. 그런데 안타깝게도 배 목사님은 그 황토방에 들어가 보지도 못하고 세상을 떠나고 말았다.

또 이 소식을 들은 지인께서 부인의 질병치료를 위해서 본

래의 집을 황토방으로 개조하기를 원했다. 그도 역시 약 1개월여 만에 완공하였으니 내가 황토방을 세 채나 지은 셈이다.

(5) 황우가 말을 타다.

나의 어릴 때 꿈이 백마를 타고 산천을 달리는 것이었다. 내 나이 70이 되어 운동 삼아 승마를 시작했다. 아마 전국적으로 일흔에 승마를 배운 사람은 나밖에 없을 것 같다. 운동 이야기가 나왔으니 말이지만 승마보다 더 좋은 운동은 아직 경험하지 못했다. 그래서 승마를 배운지 3개월 만에 외승을 나갔고, 그 후 얼마를 지나서였다. 나아교회 주한근 집사님(지금은 장로님이시다)이 우리 집을 방문하셨다. 이런저런 이야기를 하다가 승마 이야기가 나왔다. 말 한 마리에 얼마를 하느냐고 묻기에 "약 200만 원 정도 할 겁니다."라고 했더니, "제가 한 마리 사 드리겠습니다." 라고 하고는 곧 돈을 보내 주셨다. 그래서 말을 한 필 구입하였다.

일반적으로 말이라고 하면 대단히 비쌀 것이라는 선입견을 가진 분들이 많지만, 말도 말 나름이어서 어떤 말은 150만 원짜리도 있고, 기천만 원에서 수억을 하는 것도 있어 말에 따라 가격이 천차만별이다. 그렇게 말을 구입한 후 집 안에 트랙을 만들어 그 안에서 타다가 조금 후에는 온 산천을 달렸다.

월포 해변을 비롯하여 근처 산야를 달리곤 했다.

여자와 말과 총은 자꾸만 더 좋은 것을 구한다는 속담이 있듯이 더 좋은 말을 타고 싶은 욕망에 350만 원짜리 말도 타다가 나중에는 700만 원짜리 청회색 말을 구입하여 승마를 즐겼다. 이 말은 장차 백마가 될 말이기 때문에 애지중지했다. 그러나 관리 잘 못인지는 모르나 말이 병들어 회생이 불가능한 지경에 이르러 폐마를 시켰지만, 약 4년 넘도록 승마를 즐긴 행복한 노인이 되었다.

그리고 이대로 죽을 날만 기다릴 수 없다는 생각이 들어 다른 취미에 도전하기로 했는데, 생각 끝에 색소폰을 배우기로 작정했다. 여든이 다된 사람이 색소폰을 분다는 것은 그리 쉽지 않았다. 그러나 무엇이라도 도전해보고 싶었다. 학원에서 3개월을 배우고 집에서 연습을 하는데, 더듬거리면서라도 찬송가를 불 수 있어 색소폰 배우기를 참 잘했다는 생각이 든다. 얼마 전에 소금도 하나 구입했고, 옛날 불던 하모니카도 다시 꺼내놓았다. 앞으로 또 다른 도전을 하고 싶은데 무엇이 좋을까 생각 중인데

아코디언(accordion)도 배우고 싶고 드럼도 배우고 싶어 생각 중이다.

(6) 나는 하나님의 장기판에 졸입니다.

교역(敎役)이라고 하는 것은 하나님이 시키시는 일을 하는 것이라 생각한다. 그래서 목회자는 하나님의 장기판에 말들이라고 여긴다. 어떤 목회자는 하나님의 장기판에 차(車)일 수도 있고, 어떤 사람은 포(包)나 상(象), 마(馬), 졸(卒)일 수 있다. 모두가 다 차(車)가 될 수도 없고, 모두가 다 마(馬)나 상(象)일 수는 없다. 그러나 그 어느 것 하나도 하나님의 장기판에는 소중하지 않은 것이 없다.

장군을 지키는데 있어 때로는 차나 포가 큰 역할을 할 수도 있지만, 때로는 졸(卒)과 사(士)가 큰 역할을 할 때도 많기 때문이다. 따라서 말들은 역할이 모두 다르기 마련이다. 그러나 그 어느 말이라도 그 역할을 대신해 주지 못한다.

나는 어떤 면에서 하나님의 장기판에 졸(卒)이라고 여기며 살아왔다. 졸은 덤벙대거나 서두르지 않는다. 졸은 욕심이 없는 말이어서 좋다. 다른 말들은 불리하면 후퇴도 하고 깊숙이 숨기도 하지만 그러나 졸은 수평이동 외에는 후퇴를 할 수가 없다. 우직하게 오직 한 뜻으로 전진만 할 수 있기 때문에 나는 졸을 좋아한다. 하나님의 종은 오로지 야훼 하나님을 생각하는 우직함이 있어야 하기 때문이다.

그리고 졸은 동료가 있어 좋다. 나는 비록 보잘것없는 존재이긴 하지만 결코 혼자가 아니다. 차(車)나 포(包), 그리고 마(馬)나 상(象)이 항상 어디에선가 나를 지켜주고 있기 때문이다. 그리고 때로는 장군의 보호를 받기도 한다.

그리고 졸은 손해 보지 않는 것이 좋다. 다른 말들은 자기보다 더 보잘것없는 말에게 잡혀 죽기도 하지만, 졸은 자기보다 큰 것을 잡아먹기 때문에 손해를 보지 않는다.

그뿐인가 하나님께서는 비록 장기판의 졸과 같은 존재라고 해도 왕이신 하나님께서 불꽃 같은 눈초리로 나를 지켜보시고 보호해 주시며, 천군과 천사로 옹호하시는 것이 졸인 나의 최대행복이다.

따라서 졸은 그 어떤 재량권도 없다. 장기를 두는 분의 의도에 따를 수밖에 없다. 나의 목회 40년을 뒤돌아보면 언제나 강하고 큰 힘에 의해 등을 떼밀려 왔다는 것을 재삼고백하지 않을 수 없다.

(7) 혼자 노는 법을 배워둬라.

내가 오래전부터 후배들에게 당부해온 말이 하나 있다. 그 것은 "미리미리 혼자 노는 법을 배워두라"는 것이다. 그러나 많은 사람이 귓전으로 흘려버리면서 "지금 바빠서 눈코 뜰 새 없는데 노는 법을 배워 두라니 노망난 늙은이라"고 핀잔을 할 것 같아 마음이 아프다. 그러나 노인의 씨가 따로 있는 것 아니라는 말과 같이 따지고 보면 그리 많은 날이 남은 것 아니기 때문에 더욱 그러하다.

혼자 노는 법을 익히는 것은 그리 쉬운 일이 아니다. 왜냐하면 모든 운동이나 놀이 같은 것은 상대가 있어야 한다. 그러나 가만히 생각해보면 언제나 그 상대가 나를 기다려 주지 않는다는 사실이다. 퇴직을 하고 나니 친구가 하나둘씩 세상을 떠나거나 거동이 자유롭지 못하기 때문이다.

젊은 때는 복싱을 해 보기도 했다. 그러나 그것도 상대가 있어야 하고, 서로에게 몸과 마음에 상처를 주고받아야 하는 운동이기 때문에 포기하고 말았다. 다른 축구나 테니스 같은 운동도 해 보았지만, 상대가 있어야 하기는 매한가지이다.

그래서 생각다 못하여 혼자 할 수 있는 취미생활로 수석(壽石)을 시작했다. 참 좋은 취미활동 중 하나이다. 공기 좋은 산야로 나가 탐석(探石)을 하니 적당한 운동도 되고, 스트레스를 해소하는 데는 그저 그만이었다. 그러나 수석은 생명이 없는 것이기 때문에 이내 싫증이 나는 것이 흠이라면 흠이었다.

그래서 생명이 있는 분재를 시작했다. 이 또한 좋은 취미생활이다. 한 때는 분재와 수석 전시회를 할 만큼 수준에 오르기도 했다. 그리고 무거운 분재나 수석에 물을 주고 관리하는 것은 건강에도 매우 유익하기 때문이다.

그 외에도 혼자 놀 수 있는 방법으로 서예(書藝)를 하고 서각(書刻)을 해 보기도 했다. 시간이 무료할 때 모든 잡념을 잊고 서예나 서각에 몰두하면 시간 가는 줄 모른다. 그 다음은 낚시였다. 낚시를 갈 때에도 여럿이 함께 가서 법석을 떠는 것보다 혼자 조용한 호수를 찾아가서 세월을 낚고 명상에 잠기는 것도 여간 좋은 것이 아니다.

그러다가 사진을 취미로 해 보았다. 지금은 핸드폰이나 디지털 사진기의 기능이 많이 좋아져서 아무나 찍으면 작품이 되지만, 옛날 필름 사진은 상당한 기술이 요하는 것이었다. 돈이 좀 드는 일이긴 하지만 옛날 찍어 둔 사진을 보면서 추억의 조각들을 건질 수 있어 좋은 취미임에 틀림이 없어 보인다.

지금도 혼자 노는 방법으로 농사도 조금 짓고 소나 염소나 칠면조 같은 다른 짐승들도 키워 보았지만, 또 다른 취미활동을 하고 싶어졌다.

아내는 피아노도 치지만 얼마 전부터 바이올린을 배우기 시작하여 지금은 교회에서 바이올린을 연주하고 있고, 요즘은 아코디언을 열심히 연습 중이다.

내 나이 희수(喜壽)를 넘겼지만, 무료하게 노인정에 앉아 고스톱이나 치고 있을 것이 아니라, 새로운 도전을 하고 싶었다. 그리고 무엇보다도 늙었다는 말을 인정하고 싶지 않아서이다. 일흔에 승마를 배운 다음 말을 한 마리 구입하여 집에서 기르면서 타기 시작했다. 일흔다섯이 될 때까지 온 산천을 두루 다니며 승마를 했지만 말이 병으로 폐사하는 바람에 이제는 승마를 못하고 있는 실정이다.

나는 나이 들어 외롭지 않기 위해 혼자 노는 법을 배우려 많은 노력을 해 왔다. 혼자 노는 법 중에 하나는 컴퓨터이다. 요즘에는 컴퓨터 앞에서 많은 시간을 보낸다. 수필과 시를 쓰는데 많은 시간을 할애하고 있지만, 인터넷을 하면서 좋은 정보를 얻기도 하고 멋진 음악을 접하기도 한다. 그래서 컴퓨터를 못하는 늙은이들을 보면 어떻게 무료함을 달랠까 하는 애처로운 생각이 들기도 한다.

그리고 가끔씩 계곡을 찾거나 산을 오르기도 하고, 산나물이나 약초를 찾아 순례도 해 본다. 그뿐 아니라 자전거를 타면서 한가한 호숫가를 산책하는 것도 아주 좋은 방법 중 하나이다.

그리고 작년부터 색소폰을 배웠는데 찬송가는 물론 잊었던 가곡을 불러보면서 옛날을 회상하곤 한다. 그리고 소금(피리)도 구입해서 연습하고 있다. 뿐만 아니라 수십 년 전에 조금 불다가 장롱 속에 넣어 두었던 하모니카도 끄집어냈다. 무료한 시간을 보내는 데는 십상이다. 요즈음은 표고가 약 200m쯤 되는 산길을 산책하는데, 중간지점에서 몇십분 씩 하모니카를 불다가 내려오곤 한다. 이렇게 전에 익혀 두었던 취미생활을 다시 할 수 있어 다행이라 여긴다.

이 글을 읽으시는 분들 중에는 사치스런 이야기를 한다고 핀잔할지 모르지만 조금만 부지런하면 충분히 할 수 있는 취미활동들이라 믿는다. 나와 비슷한 시기에 은퇴하신 다른 친구들은 아파트 생활이 감옥생활과 같다고 하면서, "당신은 그 이름 그대로 낙원에 산다."는 말을 하는 것을 듣기도 한다.

"아뿔싸! 늦었구나."라는 말처럼 비참한 말도 없으리라. 더 늦기 전에 혼자 노는 법을 익혀두어 노년에 외로워하거나 무료하게 허송세월하는 일이 없기를 간절히 바라면서 이 글을 맺는다.

(8) 응답 받은 세 가지 기도

내가 일평생 끊임없이 해오는 기도가 세 가지가 있다. "목사가 되게 해 주세요"라는 기도는 만 20년 만에 응답을 받아 목사가 되었다는 것은 앞에서도 말씀드렸기 때문에 생략한다.

그 다음 두 번째 기도는 "지혜와 지식의 말씀의 은사를 주시옵소서."였다. 이 기도를 40여 년 동안 계속했지만 지금도 빼놓을 수 없는 기도 제목 중 하나이다.

고전 12:8절을 보면 "어떤 이에게는 성령으로 말미암아 지혜의 말씀을, 어떤 이에게는 같은 성령을 따라 지식의 말씀을,"이라는 말씀이 있다.

다 같은 설교를 하더라도 지혜의 말씀의 은사를 받아 시의(時宜) 적절하다면 얼마나 좋겠으며, 지식의 말씀의 은사를 받아 유식한 말씀으로 복음을 전할 수 있다면 얼마나 좋을까 하는 생각 때문이었다.

가끔 어떤 목사님의 설교를 들어보면 듣는 사람의 감정을 유발할만한 언어를 구사하는 것을 보지만, 어떤 목사님은 가슴을 울리는 설교를 하는 것을 볼 수 있다. 내 설교가 슬픈 자에게는 위로의 말씀으로, 낙담하는 자들에게는 용기와 격려의 말씀으로 들려진다면 얼마나 좋을까 하는 생각을 한 것이다.

지난 40여 년의 목회기간 동안 내 설교가 얼마나 많은 사람들에게 용기와 희망을 주고 감동을 주었는지는 하나님만 아실 일이지만 그 기도를 한 지 거의 50여 년 만에 응답을 받았다고 나는 확신한다. 그 이유는 40년 동안 수만 번의 설교를 하면서 무사히 목회를 마쳤다는 사실 때문이다.

그리고 다른 하나는 내가 2012년 9월 12일 시와 수필에서 동시에 한국문학정신에서 등단했고, 그리고 800대 1의 경쟁을 뚫고 "독도 시 경연대회"에서 대상을 받았다. 그리고 2012년 12월 10일 아람문학 시인과 비둘기에서 수필부문에서 등단했고, 2014년 11월엔 같은 아람문학에서 시 부문 신인문학상을 수상하였다. 그리고 2013년 1월 25일. 대한문인협회(대한문학세계)에서 시와 수필부문 동시에 신인문학상을 수상함으로 3개 문단에서 시와 수필을 모두 등단했다.

여기서 한 가지 분명히 밝히고자 하는 것은 내가 등단하여 시인이 되고 작가가 된 것을 자랑하는 것이 아니다. 50여 년 계속한 기도를 하나님께서 응답해 주셨다는 것을 자랑하고 기뻐하는 것이다. 그리고 내가 등단했다는 것을 광고하는 것이 아니다. 하나님께서는 50여 년만에 내 기도를 응답하셨다는 것을 소리치고 싶은 것이다.

그리고 세 번째 기도의 제목은 "큰 그릇이 되게 해 주세요."라는 기도이다. 우여곡절 끝에 목회를 시작했지만 목회라는 것이 생각처럼 만만한 것이 아니었다. 대인관계를 좋게 유지하는 것도 어렵지만, 설교를 한다는 것은 더욱 어려웠다. 주일을 간신히 넘기고 나면 다시 수요설교를 할 걱정이 가슴을 먹먹하게 하고, 수요일이 지나고 나면 다음 주일 설교가 중압감으로 다가온다.

그것뿐인가. 새벽설교, 심방설교, 각종 행사나 절기설교 등

등 1주일에 보통 12번에서 13번은 하지만, 어떤 때는 16번까지 설교를 했던 때도 있었다. 그래서 설교준비를 하면서 꼬박 밤을 새우고 새벽기도회에 나간 때도 한두 번이 아니었다.

전문가라고 할 수 있는 목사의 설교를 비전문가들인 신도들, 그 중에서도 할머니 할아버지들이 판단하기 때문에 더 어려운 것이다. 그렇지만 "큰 그릇이 되게 해 주세요"라는 이 기도는 40년 동안 큰 과오 없이 목회를 마무리 한 것만으로 응답을 받았다고 믿는다. 그래도 이 기도를 내가 죽을 때까지 계속하고 싶은 이유가 있다.

옛날 유명했던 시인들이나 작가들을 보면 그가 쓴 시나 작품이 모두 다 유명해진 것은 아니다. 많은 시들 중에 몇 편 때문에 유명해진 것처럼, 내가 쓴 많은 시나 수필들 중에서 언젠가 빛을 볼 날이 올는지 누가 알겠는가 말이다.

아니다. 이만큼만 해도 중고등학교 6년을 야간학교에 다녔고, 지방 신학을 졸업한 나로서는 기적이라고 생각하지 않을 수 없는 일이다.

이렇게 나는 큰 틀에서 기도한 것은 응답을 받았다. 앞으로 죽을 때 까지 또 다른 기도에 도전할 계획이다. 하나님께서 또 다른 내 기도도 응답해 주실 것이라 확신한다.

16 해외 나들이

내가 전도사 시절에 어떤 프로그램에서 장래 소망 열 가지를 적는 기회가 있었는데, 첫째가 성지순례였고 그 다음이 설교집이나 수필집 같은 책을 펴내는 일이었다.

그 당시로써는 성지순례나 출판을 한다는 것이 요원한 꿈이었지만, 그 꿈과 염원이 이뤄져서 여러 번 해외 나들이도 했고, 책도 여러 권 출판했다.

제일 먼저 성지순례를 한 것은 년도도 잊어버렸지만, 아마 12박 일정으로 로마, 프랑스, 영국, 이집트, 그리고 이스라엘을 순례하는 코스였던 것으로 기억한다. 그러나 너무 들뜬 기분이어서 기록으로 남기지 않고, 사진이나 비디오를 찍느라고 바빴다. 그러나 그 때 찍어둔 비디오를 아직까지 열어보지 않았으니 앞으로도 보기가 힘들 것 같다는 생각이 들어 후회스럽기 짝이 없다.

그 이후로 몇 번 해외 나들이를 하면서 그런 영상물보다는 글로 남기는 것이 좋을듯하여 기행문을 썼고 그 중에서 몇 편을 골라 여기에 게재하려 한다.

(1) 일본을 누가 왜(倭)라고 하는가.

가슴 설레는 일본 여행의 날이 됐다. 형님 내외분과 우리 부부가 매제인 권형기 일본 영사의 초청을 받아서 간 것이다. 1992년 7월 27일 더위가 한창 기승을 부릴 때였고 우기였기 때문에 불쾌지수는 천정부지(天井不知)로 치솟고 있었다. 방학기간이기도 하고 여름 휴가철이기도 하여 외국 나들이를 하는 사람들로 공항은 초만원이었다. 별의 별 사람들이 오가는 곳이기에 발 디딜 틈도 없는 인간시장이기도 했다. 수속을 마치고 기내에 오르니 꿈만 같은 일본 여행이 현실로 다가온 것이다. 행여 비행기 멀미라도 하면 어쩔까 하는 걱정도 했지만 하나의 기우였다.

고도 1100m, 시속 800㎞로 비행하고 있다는 기내 방송을 들으며, 차창 밖을 내다보니 하늘은 온통 청옥을 편듯하고, 때로는 운해를 항해하는 일엽편주 같은 착각이 들기도 했다.
이륙한 지 얼마 안 되어 바다가 보이는 듯하드니 어느덧 일본 열도가 눈에 들어왔고, 난생처음 보는 일본은 푸른 바다와 우거진 숲이 조화를 이루어 너무도 인상적이었다.

일본 열도를 보는 순간 세상은 참 많이도 변했구나 하는 생각을 하지 않을 수 없었다. 내가 어릴 때 공출을 안 낸다고 칼을 찬 일본 순사들이 아버님과 마을 사람들을 때리고 고문하던 때가 주마등처럼 떠올랐고, 해방된 직후 일본 사람들이 마지막 기차를 타고 도망을 치면서도 만세를 부르는 초등학생들에게 발포하여 수명이 다쳤던 그날이 생각났다. 그래서 나는 일본에 대하여 좋지 않은 감정이 있기 때문에 일본글이나 일본 말을 일부러 잊어버리려고 노력했고 배우려고도 안했다. 그런데 그러한 일본에 내가 여행을 하게 되었다는 것이 얼마나 놀라운 일인지 아이러니할 뿐이다.

후지 산을 겨드랑이에 끼고 한 바퀴 돌아 동경 나리따 공항에 무사히 착륙하니 감개가 무량하다. 요꼬하마 주재 한국 영사인 사촌 여동생 백경옥의 남편 권형기 매제의 안내를 받았다. 요꼬하마로 가는 길옆에는 일본 사람의 저력을 느끼게 하는 치산치수며, 건물이며, 질서정연한 모습에 입이 다물어지지 않았다. 매제가 근무하는 영사관 관저로 갔다가 영사의 안내를 받아 여기저기를 구경했다.

저녁엔 형수님의 사촌 시동생의 초청으로 일식집에서 정식을 먹었는데, 기모노를 곱게 차려입은 여인들이 문 앞에 무릎을 꿇고 앉아서 코가 땅에 닿도록 절을 하면서 문을 여닫고, "아리가도 고자이마스"를 수없이 되 뇌이며 시중을 드는 것이 너무도 이색적이었다.

산천도, 사람도, 거리도, 수목도, 별로 낯설지 않아 외국이라는 느낌이 들지 않다가도 이와 같은 일본 여인의 칙사(勅使)대접을 받고 보니, 과연 이곳이 일본이구나 하는 생각이 들었다.

하루가 지나고 또 다른 하루가 시작되어 이른 아침 잠시 문밖을 나섰더니 길거리에 노숙을 하는 차량이 하나도 없었고, 말끔하게 청소된 거리와 활보하는 사람들, 그리고 분리수거가 잘되어 있는 쓰레기들을 보면서 우리나라는 아직 거리가 멀다는 생각을 했다. 네가시에 있는 사쿠라 공원을 둘러보니 공원에는 산책을 나온 노인들과 조깅을 하는 젊은이들로 만원이었다.

조반 후 도쿄를 향해 출발하였는데 요소요소마다 고속도로의 현재 상황을 알려주는 표시판이 이채로웠다. 거리엔 온갖 이름 모를 꽃들이 자태를 자랑하고 있었으며, 각종 가로수들이 소나기를 맞아 한껏 물을 머금고 있었다. 차들은 하나같이 금방 세차장을 빠져나온 것같이 먼지 한 점 없이 깨끗하였고, 질서는 너무도 정연하였다. 무리하게 추월을 하는 차도 없고, 과속으로 질주하는 차량도 볼 수 없었고, 교통법규를 위반하는 사람도 보지 못했다.

일본 천황이 산다는 황거궁전을 찾았더니 그곳이 바로 야마시다 공원이었다. 황궁 주변을 돌로 쌓아 운하를 만들었으며, 그 주변에 가꾸어진 공원은 우리나라에도 더러 있겠지만 우물 안 개구리여서인지 황홀할 지경이었다.

그 황거궁전을 한 바퀴 돌면 5㎞ 넘는다고 하는데, 36~7도가 오르내리는 한낮인데도 공원에서 조깅을 하는 인파로 붐볐다. 이 광경을 보면서 일본의 숨은 저력과 강인한 민족성을 눈으로 보고 귀로 듣는듯하여 소름이 돋았다. 그러기에 일본이라는 패전국가가 반세기도 되기 전에 초강대국이 되었구나 하는 생각을 했다.

그리고 일본 동경에서 가장 유명하다는 긴자이 거리를 지나 도청을 보았다. 물론 수박 겉핥기식으로 자동차를 타고 지나가는 것이긴 하지만, 동경도청의 규모와 그 위용에 입이 다물어지지를 않는다. 아쉽게도 그렇게 또 하루가 지나갔다.

삼 일째 아침 일찍 출발하여 디즈니랜드를 관람했다. 그야말로 디즈니랜드다. 이상한 나라의 앨리스 모양 왜소하게만 느껴졌다. 아이맥스 영화, 정글여행, 곡예기차 등을 즐겼다.
수백 명씩 줄을 서서 기다리는데도 누구 하나 짜증을 내는 사람도 없고, 비양심적인 행동을 하는 사람도 없었으며, 불편부당(不偏不黨)한 행동을 하는 사람 하나 없이 질서가 정연하였다.

아직 일본 사람들의 키는 우리나라에 비해 좀 작은 편이긴 하지만, 오늘따라 그들이 매우 커 보였다. 생긴 것도 우리 한국 사람에 비하여 잘 생겼다고는 할 수 없지만 오늘따라 아주 위대해 보였다.

돌아오는 길에 고속도로에서 교통경찰을 보고 "오늘은 재수가 좋은 날"이라는 농담까지 했다. 일본에서 며칠 동안 경찰차나 경찰을 구경할 수가 없었기 때문이다. 그리고 고속도로가 아무리 한가해도 100㎞ 이상으로 달리는 차를 본 적이 없다. 어쩌면 이렇게도 질서정연할까! 하는 생각을 하였고, 일본 사람들이 한국 사람을 조센진 이라고 하여 그토록 천시했던 이유를 조금은 알 수 있을 것 같았다. 내가 한국인이라는 것이 부끄럽게 느껴지기는 이번이 처음이었다. 일본 사람들을 만나도 오늘은 어쩐지 머리를 들기가 부끄러워 외면을 하면서 요꼬하마로 돌아왔다.

7월 30일이 밝았다. 일찌감치 서둘러 후지 산을 향해 차를 몰았다. 아침 이른 시간 때문인지 길은 한산했다. 날씨가 흐려 후지 산 정상을 볼 수 있을까 하는 걱정을 했지만, 산 중턱에 있는 터널을 통과하고 나니 맑은 하늘과 그림 같은 후지 산의 자태가 거짓말처럼 나타나는 것이 아니겠는가.

후지 산을 중심으로 다섯 개의 산중호가 있다는데 야마나까 호와 아시노꼬호 만 구경했다. 삼합목(三合目)에서 아침 겸 점심을 먹고, 오합목(五合目)까지 오르니 고도가 2400m 정도라고 한다. 아직도 머리에 백설을 뒤집어쓰고 있는 해발 3776m의 후지 산을 배경으로 몇 장의 사진을 찍고 하행을 서둘렀다.

도중에 오와끼다리(크게 물이 끓는 곳)에 가서 유황이 끓고 있는 곳을 구경하였다. 역시 상흔은 일본이라고 다르지는 않았다. 계란 다섯 개에 500엔이나 했다. 야외 온천장을 찾아갔더니 신발장 사용료 100엔, 옷장 사용료 100엔, 목욕비 500엔을 받았다. 소는 꿈적거리면 똥을 싼다더니 일본이란 나라는 움직이면 돈이 드는 나라인 것 같았다.

7월 31일 육체적으로 피곤하지만 일본에서의 여정도 마지막이라는 생각으로 이른 아침 사쿠라 공원을 찾았다. 역시 조깅을 하는 사람들로 공원은 온통 분주했다. 이것이 일본의 저력이구나 하는 생각을 하곤 했다. 시내 쇼핑을 조금 한 후에 휴식을 취했다.

다음날인 9시 30분에 요꼬하마를 뒤로하고 나리타 공항을 향해 달렸다. 14시 30분, 나리타 공항을 이륙하여 귀국 길에 올랐다. 그렇게도 높고 크게 보였던 후지산이 발아래 조그만

묘처럼 보였다. 대기가 불안정하여 마치 비포장도로를 달리는 버스와 같은 기내에서 한 시간 남짓 비행하고 나니 우리 땅 한국이다. 누가 무어라 해도 이 땅은 우리의 땅이요 포기할 수도 없고, 버릴 수도 없는 내 조국이다.

짧지만 이번 여행을 통하여 많은 것을 느끼고 깨달았다. 누가 일본을 왜(倭)라고 했으며 일본 사람을 왜놈이라 했는가! 키가 작다고 작은 것이 아니다. 마음 그릇이 작은 것이 작은 것이다. 비록 키들은 작지만 배포가 큰 민족이라는 생각을 했다. 일본의 저력을 보았고, 여유를 보았으며, 질서 속에서 이룩된 안정된 사회를 보았다. 일본이라는 나라도 내부 깊숙한 곳에선 썩고 있을지 모르지만 정말 큰 나라라고 생각했다. 그래서 우리 자녀들이 어릴 때 일본을 보내서 많은 것을 배우도록 하는 것이 좋겠다는 생각을 했다.

어쩔 수 없이 일본 물건을 몇 점 사 들고 돌아오기는 했지만, 우리도 허세 부리지 말고, 있는 그대로의 자기를 볼 줄 아는 눈이 필요하다는 것을 새삼 느꼈다. 기회가 있으면 다시 한 번 일본을 찾으리라 마음먹었으나 잘될는지 모를 일이다.

(2) 다뉴브 기행

어젯밤은 인천 영종도에 있는 친구 집에서 친구 내외의 따뜻한 영접과 융숭한 대접을 받으며 원룸에서 묵었다. 간밤에 비가 내려 땅이 촉촉이 젖어 있었다. 12시 35분 출발 예정인 KLM 네덜란드항공이, 약간의 문제가 생겨 오후 2시 15분이 돼서야 공항을 이륙할 수 있었다.

쇠 나비 힘찬 날갯짓으로, 매연 가득한 대지를 박차고, 구름 위로 솟구쳐 오른다. 섬들은 바다에 점점이 떠 있고, 솜사탕 같은 구름이 유람을 한다. 하늘은 청명하고 개운하다. 펼쳐진 운해(雲海)와 파란 창공은 그야말로 장관이다. 저기 아래 보이는 운해 위에다 고래 등 같은 집을 짓고, 이슬 먹으며 천 년이고 만 년이 살고 싶다.

얼마 후 비행기의 고도는 1.100m, 속도는 850㎞, 바깥 온도는 -45℃를 가리키고 있었다. 그러나 기내는 그야말로 천국이다. 따사롭고 아늑했다. 따뜻한 물수건에, 비프스테이크도 맛있고 안내양들의 친절도 일품이다.

옛 소비에트 연방을 지날 즈음 운해 밑으로 보이는 수많은 호수와 넉넉한 물을 보니 에덴동산을 연상케 한다. 암스테르

담에 내려 목적지인 부다페스트로 가기 위해, 두 시간을 공항 구내에서 서성거려야 했다. 우리의 삶도 중간 기착지가 아닐까 하는 생각을 해 보기도 했다. 다시 비행기를 갈아타고 현지 시각 8시 30분에 출발하여 10시 40분경에 드디어 부다페스트에 도착했다.

둘째 날이 밝았다. 도시 가운데로 다뉴브(도나우) 강이 흐르고, 서쪽은 부다(주택지라는 뜻), 동쪽은 페스트(공장지대라는 뜻)가 합하여 부다페스트가 되었다고 한다. 오전에 센텐드레(세인트 앤드류의 준말)를 관광하고, 그 다음 부다페스트 북쪽으로 약 50㎞ 떨어진 비쉐그라드를 찾았다. 이 성은 옛날 임금님이 피난을 했던 성이라고 한다.

고도 3~400m는 됨직한 산등성이에 육중한 비쉐그라드가 옛 아픔을 말해 주듯 절망처럼 내려앉아 있다. 옛 왕들의 영광과 위엄을 보여 주는 치렁치렁한 드레스(성벽)에 여기저기에 기운 넝마도 보였다. 다뉴브 강을 내려다보는 비쉐그라드는 그야말로 난공불락의 요새였다.

아름다운 궁녀들과 함께 다뉴브를 내려다보며 술잔을 기울이는 왕의 환희를 그 누가 가늠이나 하겠는가. 아니다. 포화는 빗발치고 불화살은 유성처럼 떨어지며, 적들이 개미떼와 같이 성벽을 기어오를 때 그 괴성 들으며 속수무책으로 찢어지는 드레스를 바라보는 왕의 눈물이 얼마나 뜨거웠겠는가. 그 눈물 다뉴브 강물 되어 아직도 하염없이 흐르나 보다.

강 맞은 편 나지막한 산등성이를 뒤덮은 빨간 집들은 비운(悲運)의 왕들의 애환을 아는 듯 모르는 듯 졸고 있다. 간드러지게 웃어가며 "하 소데스까. 아리가도 고자이마스"를 내뱉으며 옛 왕의 드레스를 자근자근 밟고 다니는 일본인들의 구둣발 소리가 흉노족만큼이나 잔인하다.

아직도 그 비운의 임금님은 비쉐그라드에서 모래알을 씹으며 눈물짓고 있었다. 한 사람의 영화를 위해 몸 바친 수많은 영령도 아직 비쉐그라드를 떠나지 못하고 벌처럼 윙윙 소리 내며 날고 있다. 오! 비쉐그라드여! 눈물 젖은 드레스여!

비셰그라드를 관광하고 오는 길에 사자 다리를 지나왔다. 6개국에 걸쳐 흐르는 다뉴브 강의 그 많은 다리 중, 가장 아름답다는 바로 그 사자 다리이다.

사랑하는 당신에게!
사랑하는 당신에게! 늦은 밤 다뉴브의 야경을 보러 나갔더니 밤의 적막이 내려앉아 건물들은 더욱 육중해 보였고 젊은이들의 활기찬 발걸음은 헝가리의 내일을 말해 주는듯합니다.

가끔은 낮 뜨거운 남녀의 포옹장면이 보여선지 아마 당신과 함께하지 못한 것이 천추의 한이 될 듯합니다. 부다페스트를 가로지르는 다뉴브는 천 년을 두고 유유히 흐르고 있습니다.

왕궁을 비추는 불빛은 옛 왕의 위용을 보여 주듯 장관이었고, 사자 다리를 감싼 조명은 차라리 황홀입니다. 부다페스트의 야경은 정말 아름답습니다.

사랑하는 당신과 함께 어깨를 감싸 안고 이 강변에 앉아 하염없이 떠내려가는 빛나는 보석 조각들을 모조리 건지고 싶습니다. 헝가리의 밤을 깊어만 가고 당신 생각으로 아프기만 합니다.

바쁠 것 없다는 듯 게으른 전차는 하품을 하고 숙소로 돌아와 잠을 청했지만 설레는 마음 진정키 어려워 이 밤도 안개 속을 헤맬 것 같습니다.

셋째 날이다. 자그마한 협궤지하철을 타고 영웅광장까지 갔다. 헝가리의 지하철은 130여 년 전에 건설한 것이라 하니 놀라지 않을 수 없다. 우리는 우마차도 흔하지 않을 때였기 때문이다. 그리고 차표도 30분 이내에는 다시 재사용이 가능하다니 좋은 제도인 것 같았다.

그다음 우리 일행은 미술관으로 사용하고 있다는 옛 합스부르크 시대의 왕궁을 보고, 조금 떨어져 있는 성 마태오 성당에 갔다. 그 위용 또한 상상을 초월하였다. 그러나 이 성당은 오스트리아 빈에 있는 스테판 성당의 축소판인데, 헝가리가 오스트리아의 식민지였기 때문에, 스테판 성당보다 크게 지을 수가 없었다는 것이다. 일본의 식민지로 살았던 우리네와 같이 헝가리가 지닌 약소민족의 설움이요 상처인 것 같았다. 어떤 레스토랑에 들려 케밥(빵 속에 양고기와 갖가지 채소를 넣어 만든 샌드위치와 비슷한 것)을 먹었다. 맵고 짠 경상도 음식 같았다.

오후에는 자유의 여인상이 있는 산에 올랐다. 산 아래를 내려다보니 두 개의 강이 합해지는 지점에 우리나라의 밤섬과 같은 섬이 있는데, 이곳이 "마거릿 섬"이다.

옛날, 적의 침략을 피해 들어간 마거릿 공주가 일생동안 결혼도 하지 않고, 서민들을 위해 평생을 살았기 때문에 공주의 귀한 뜻을 기려, 마거릿 섬이라 하였고, 지금은 공원이 되어 많은 사람의 쉼터가 되어 있었다.

자유의 여인상 바로 밑에 옛날 수도원이 하나 있었다. 바위를 뚫어 만들었는데 규모가 상당히 컸다. 그 당시 수도사가 핍박을 피하여 이런 바위로 된 수도원에 들어가 수도를 하였다고 한다. 거기서 밧줄에 그릇을 매달아 절벽 아래로 내려놓으면 자비심 많은 성도가 먹을 것을 넣어 주어야 생존할 수 있었다고 한다.

어느덧 넷째 날이다. 부다페스트에서 폴란드행 밤기차를 탔다. 난생처음으로 침대칸 기차를 탔는데, 3층으로 된 침대는 폭이 60㎝ 정도이고 높이는 고개를 바로 들 수 없을 정도여서 불편하기 짝이 없었다. 우리가 타고 가는 이 기차가 과거 독일이 헝가리의 유대인 40여만 명을 실어다가 살해한 바로 그 기차라고 한다. 그때 원혼들이 지금도 괴상한 소리를 지르는 것 같았다.

오전 6시경에 폴란드의 크라쿠프에 도착하였다. 크라쿠프에는 많은 노숙자가 웅크리고 앉아 있거나 누워 있었다. 그 다음 행선지는 아우츠비치 수용소이다.

아우츠비치로 가는 길은 멀고도 험했다. 많은 나무가 길 좌우에 늘어서 있었다. 버스를 타고 한 시간을 넘게 달려 드디어 그 한 많은 아우츠비치 유대인 수용소에 도착하였다.

정문에 다다르니 높은 울타리 위에 손만 닿으면 감전이 될 것 같은 철조망이 쳐져 있었고, 여기저기서 감시하고 있는 것 같은 초소들이 기를 죽였고 가슴을 답답하게 했다. 물론 이 곳에는 유대인뿐만 아니라, 부랑인(주로 집시들까지 부랑인으로 몰려 40만 명이나 학살되었다.) 난치병자, 정치범, 여호와의 증인, 동성연애자들도 함께 수용하였다는 것이다.

여기서 유태인 600만 명을 살해했다니 천인공노(天人共怒)할 일이 아닌가. 그것도 하루에 600명씩이나 죽였는데, 한꺼번에 16명을 동시에 화장시킬 수 있는 시체 소각공장도 있었다.

70여 년이 지난 오늘까지 사람을 태우는 냄새가 나는 듯했다. 아우츠비치를 스쳐 가는 바람 소리엔 그 때 그 원혼들이 엉엉 소리를 내며 울고 있었다.

남자 건 여자 건 모두 목욕한다고 속여 옷을 벗기고 가스실로 데려가 죽인 후, 집게로 시체의 금이빨을 뽑았으며, 여자들의 머리털을 잘라 주단을 짰다고 한다.

수용소 방마다 가방, 옷, 신발, 머리털, 안경, 치아 등등이, 모두 산더미처럼 쌓였다. 마치 전쟁승리의 전리품처럼 보관하고 있었다. 특히 충격적인 사실은 남자아이들을 여자로 만드는 생체실험까지 했다고 한다.

그 당시 독일군은 한 사람의 유대인 도망자가 생기면, 본보기로 유대인 10명을 무작위로 골라 총살 시켰다는 것이다. 어느 날, 전날의 도망자 한 사람 때문에, 무고한 10명이 총살을 당하게 되었는데, 그 가운데 한 남자가 울면서 하는 말이, "나는 살아야 하는데…, 집에서 아내와 8명의 아이가 나를 기다리는데." 하며 울면서 몸부림을 쳤다는 것이다. 독일 병사는 "널 위해 죽을 자가 이 세상에 어디 있느냐?" 하면서 모질게 그를 잡아 끌어당겼다고 한다.

　이런 딱한 정경을 보고 있던 무리 중 한 사람이 앞으로 나왔다. 그는 맥시밀리언 꼴배라는 폴란드 신부였는데, 그가 말하기를 "내가 저 사람을 대신해서 죽겠습니다."하고 자원하자, 독일군은 "그럼 넌, 굶어 죽어"하고, 그날부터 40일을 굶겼지만 죽지 않자, 결국 독살을 시켰다는 것이다.
　이 이야기는 나중에 살아남은 유대인의 증언으로 세상에 알려지게 되었다는데, 해방되기 두 달 전에 일어난 일이었다고 한다.

　그 신부가 죽은 감방에는 오늘도 희미한 촛불이 그의 희생을 비추고 있었다. 독일이 전쟁에서 패하고 난 후, 이 수용소의 소장이었던 루돌프 허스 사령관도, 그를 위해 특별히 만든 교수형틀에서 공개처형이 되었다니 얼마나 아이러니한 일인가 말이다.

　다섯째 날이다. 체코 프라하로 가기 위해 기차를 탔다. 11시간을 달렸으나 가다가 쉰 시간만도 2시간은 족히 넘을 것 같다. 체코 프라하에 도착하니 오전 9시 40분경이었다.
　체코의 서울 프라하의 중심가에서 얼마 멀지 않은 곳에, 유대인들의 묘지가 꽤 넓게 자리 잡고 있었다. 그곳을 관광한 다음, 프라하 대통령궁과 그 안에 있는 성당을 둘러보았다. 그 규모는 어마어마했다. 그리고 지금부터 1.500년이나 된 "촬스 브릿치"를 건넜다. 그 밑에는 불타 강이 도도히 흐르고 있었다. 이곳에서도 수십 세기 전에 사용했던 다듬은 돌로 포장한 도로를 그대로 사용하고 있었다. 우리들이 사용하고 있는 아스콘이나 시멘트 공법보다 승차감은 좋지는 않았지만 재시공이 가능하고 수명이 길다는 것이 장점이었다.

다시 하루가 지나고 여섯째 날이 밝았다. 외국 땅에서 맞이하는 주일 아침이다. 식사를 한 후 11시 30분부터 꼬빌리시 한인교회에서 예배를 드렸다. 오후에 그 한인교회를 나와 3시에 부다페스트로 가는 기차를 탔다. 7시간 40여 분을 달려 부다페스트에 도착하니 밤 11시였다.

일곱째 날 아침이다. 오랜 기차여행으로 피곤하였기 때문에 유황온천을 가기로 했다. 사자다리(lion bridge)를 건너 자유의 여인상이 있는 산 밑에 위치한 온천을 찾았다. 500여 년 전부터 있었다는 온천인데 아직도 그대로 사용하고 있었다. 유황 냄새가 코를 찔렀다. 욕탕은 조명시설이 부족하여 마치 지옥의 입구를 들어가는 것 같았다. 목욕탕에 온천물을 마실 수 있도록 해 두었지만 달걀 섞는 냄새가 나서 토할 것만 같았다.

목욕을 마친 후 다뉴브 강 동서를 잇는 다리를 두 번이나 왕복했다. 다뉴브는 독일에서 시작해 여섯 개 나라를 거쳐 흑해로 들어가는데, 헝가리 부다페스트가 가장 아름다운 풍치를 지닌 곳이라기에 더욱더 감격스러웠다. 서구형 미녀들을 수 없이 보면서 강변을 거닐 수 있다는 것 자체가 행복이었다.

오늘따라 부다페스트의 하늘은 푸르기만 하고 맑고 온화했다. 햇볕을 즐기기 위해서 개를 데리고 산책을 나온 노인들과 가족끼리 나온 여인네들이 눈에 많이 보였다. 전차가 요란한 소리를 내며 분주히 오가고 있었고, 자동차들이 길거리를 메우고 있었다.

쇼핑하기 위해 다뉴브 강을 건너 서쪽 부다 지역으로 갔다. 어떤 자그마한 가게에 들러 물건을 골랐다. 나이가 20대를 갓 넘긴 것 같은 묘령의 아가씨가 혼자 꽃과 기념품들을 팔고 있었다.

그녀에게 되지도 않는 영어로, fifteen % discount? 라고 했다. 속셈은 15% 디스카운트가 안 되면 10%라도 할인을 받으려 한 것이었다. 그런데 젊은 아가씨는 놀라는 듯하더니, 자기 어머니께 전화를 걸어 헝가리 말로 몇 마디 주고받은 후, "No, fifty percent, but twenty percent is OK."라고 말했다. 15%라는 말을 피프티(fifty) 즉 50%라는 말로 잘못 들은 것 같았다. 결국, 우리가 원했던 것보다 5%나 더 싸게 물건을 샀다. 아마도 내 영어 발음이 매우 서툴렀던 모양이다.

여덟째 날 오후 8시부터 캘빈테르 교회가 제공하는 만찬에 초대되었다. 이곳의 식사 관습은 천천히 먹으면서 그 맛을 음미하고, 이런저런 대화를 나누는 것이었다. 이러한 만찬에 익숙지 못한 우리에게는 매우 지루한 시간이었다. 밤 10시가 넘어서야 돌아올 수 있었기 때문이다.

오스트리아 빈으로 가기 위해 아홉째 날 오전 6시에 집을 나섰다. 빈으로 가는 하이웨이는 시원스럽게 뚫려 있었다. 뽀얀 안개가 대지에서 모락모락 피어나고 있었고, 길 좌우엔 넓은 평야들이 펼쳐져 있었으며. 밭이랑들은 씨앗을 보듬고 있었다. 경계를 알려주는 나무들이 가지런히 심어져 있어 마치 꿈에서 본 한 폭의 그림과도 같았다. 헝가리 국경을 넘어서니 빈 63㎞라는 표지판과 함께, 여기저기 잔설(殘雪)이 보인다.

아직 잠에서 덜 깬 풍차는 일어날 기색도 없고, 또 다른 풍차들은 기지개를 켜고 있었다. 대지의 여인은 자기의 치부라도 가리려는 듯 희뿌연 안개 드레스를 펼치고 있다. 비엔나에 가까워질수록 날씨가 더 추워져서 나무들은 안간힘으로 잎들을 붙잡고 있었다.

국민 1인당 소득이 3만 불도 더 된다는 오스트리아의 비엔나에 도착했다. 그래서 그렇게 보이는지 모르지만, 거리도, 차들도, 사람들도 깨끗하고 질서가 있어 보였다. 이 비엔나는 스테판 성당을 중심으로 도시가 원형으로 형성되어 있다고 했다.

합스부르크의 마지막 왕 "프란츠 요셉"의 묘소가 있는 국립묘지에 들렸다. 이 프란츠 요셉은 많은 선정을 베풀었기 때문에, 지금까지 사람들의 숭앙을 받고 있다는 것이다. 그 외에도 국립묘지에는 베토벤, 슈벨트 등 유명한 음악가들의 묘소가 있었고, 지금도 계속해서 확장 공사를 하고 있었다.

묘소 앞에 세워진 동상들은 각양각색이었다. 수심이 가득한 모습, 애절한 모습, 절망스러운 모습, 그리고 연민 어린 모습으로 묘소를 내려다보기도 하고, 아예 고개를 돌려버린 매몰찬 동상도 있었다.

묘소 구경을 마치고 "마리아 테레시안" 여왕의 여름별장으로 갔다. 한 사람의 왕을 위해 예배당을 따로 짓고, 수백 개의 방을 만들고, 아름다운 정원과 수만 평의 사냥터까지 있어야 했던가?

아무리 호화로운 왕이라도 방 하나에 침대 하나면 충분하고, 빵 한 조각에 우유 두어 잔이면 만족할 터인데, 이 모두 백성들의 피요 눈물이 아니겠으며, 이 어찌 발광이 아니겠는가.

그런데 더욱 아이러니한 것은, 이 넓은 여왕의 여름별장에 화장실이 없었다는 것이다. 그래서 궁전 여인들은 폭넓은 치마를 입고 다니면서, 아무 데서나 용변을 보았고, 하인들은 따라다니면서 치웠다는 것이다. 왜 그랬는지 알다가도 모를 일이다.

그 다음엔 슈벨트가 "보리수"를 작곡했다는 동네 우물가로 갔다. 슈벨트가 방앗간 옆에 있는 보리수나무를 보면서 작곡을 했다는 곳이다. 이 지역은 알프스의 끝자락에 위치해서인지 비교적 산세가 아름답고 단풍도 곱게 물들어 있었다. 아직도 그 우물과 두 그루의 보리수나무가 남아 있었다. 장소가 장소인 만큼 옛날에 많이 불렀던 "보리수" 노래를 일행이 합창을 했다.

다음엔 오스트리아의 어떤 왕의 도피성으로 갔다. 그 규모는 헝가리의 비셰그라드에 비할 수 없이 작았지만 철옹성과 같았다. 많은 방들이 있었고 마지막 왕이 기거했던 방은, 아주 좁은 통로로 한 사람씩 밖에 올라갈 수 없도록 하여, 적들이 쳐들어온다고 해도, 아주 쉽게 방어할 수 있도록 설계 되어져 있었다. 그러나 이렇게 철통같은 도피성을 만든 왕도 결국 죽었다는 사실을 입증하듯, 왕이 기거했던 방엔 빈 침대만 하나 놓여 있을 뿐이었다.

일행은 저녁 7시경에 다시 부다페스트로 돌아왔다. 오늘도

차를 타고 한 번, 도보로 한 번, 두 번이나 자유의 다리를 건넜다. 언제 다시 이 거리를 거닐어 보겠으며, 세계 제일이라고 하는 lion bridge의 야경을 볼 수 있겠는가! 모든 것이 현대 문명의 혜택임을 깨닫고 다만 감사할 뿐이었다.

지난밤에는 피곤한 탓일까 깊은 단잠을 잤다. 짐을 꾸리고 출발 준비를 하는 마음들이 들떠 있었다. 부다페스트에서 암스테르담 행 KLM 3204 비행기를 타고 12시 50분에 출발하였다. 암스텔담에서 서울까지 9시간 40여 분의 비행은 차라리 고문이었지만, 무사히 인천 공항에 안착했다. 집에 도착하니 오후 8시경이었다. 길 다면 길고 짧다면 짧은 10박 11일의 여행이 무사하여 감사의 기도를 올렸다.

(3) 백두 기행

꼭두새벽 잠 깨어 38명의 회원들이 포항에서 버스를 타고 서울 길 서둘렀다. 4시간 여 만에 인천국제공항에 다다라 11시 50분 사뿐히 날개 펴 대련을 향했다.

구름 위 둥실 떠 김밥 한 줄에 차 한 잔 마시고 나니 대련(DALIN)이다. 옛날의 꿈이 현실로 이뤄지니 내일 또 어떤 세상 올지 가슴 울렁인다.

다시 심양 거쳐 연길에 당도하니 해 동무다. 비행기로 여러 시간 달렸으나 옛 우리 조상들의 땅, 고구려를 벗어나지 못했다. 조상님이 피 흘려 지킨 유산 우리가 보존치 못한 것 같아 송구스러워 머리를 조아린다.

연길 휴일호텔에 여장을 풀고 야시장 구경 나섰다. 불 꺼진 밤거리를 걸어 야시장에 다다르니, 우리 불러 세우는 조선족 아가씨 말씨가 정겹다. 커다란 조개볶음 한 접시에 시름이 걷힌다.

상쾌한 아침 백두산 향한 꿈 부푸는 데, 여권 분실한 형제 소식에 애간장이 다 녹는다. 다섯 시간도 더 달려 장백 기슭에 이르니 갑자기 소나기가 쏟아져 내린다.

그래도 백두산 천지를 보려는 일념으로 강행하여 지프차 타고 정상 부분에 다다랐다. 가쁜 숨 몰아쉬며 정상에 올랐더니, 이 어찌 된 조화일까? 그렇게도 그리워하던 마음의 고향. 민족의 명산, 한민족의 유방인 천지가 아찔하게 펼쳐져 있지 않은가! 우리나라 10대 절경 중 하나라고는 하지만 이토록 절경이란 말인가!

백두할망 배알하려 불철주야 학수고대했더니 하늘(天)에서 땅(地)에 닿은 2744m 푸른 드레스를 걸치고, 짙은 안개 벗지

218

않으려 안간힘이었지만, 오늘따라 면사포 걷어 올려 배시시 미소로 우리를 반긴다.

선녀가 목욕을 한 듯 한 아름 보듬은 천지는 파란 하늘 닮아 아리도록 푸르다. 천지를 감싼 준봉들은 기암으로 서고, 너와 나. 동과 서, 남과 북 어우러져 하나님이 펴놓으신 천지 융단 위에서 덩실덩실 춤이라도 추고 싶다. 동해물과 백두산이 마르고 닳도록 목이 터져라 불러 보고 싶지만 여기는 중국 땅 가슴이 아련하다.

나는 이번이 두 번째이지만, 어떤 분은 다섯 번이나 오고서야 비로소 천지를 보았단다. 이곳 소식통에 의하면 이렇게 황홀한 장면은 보름 만에 처음이라니, 얼마나 큰 감사(感謝)망극(罔極)인가.

정신없이 카메라에 그 모습 담다 보니 어느덧 백두 할망과 면회시간 재촉하는 호로라기 소리 들린다. 회포도 제대로 풀지 못했는데, 억겁의 세월에도 변치 않고 조용하게 내려앉은 백두 할망에게 다시 보자는 이별의 말도 전하지 못하고, 두 손 저으며 하산 길 서둘렀다.

북한을 통과하는 육로길 열려 도시락 싸 들고 백두 할망 뵐 날 오기를 빌고 또 빌어 본다. 아찔한 구비길 다시 내려와 장백폭포에 다다르니, 두 가랑이 사이에서 흐르는 물은 백두할멈 오줌줄기인가.

물보라 피우며 70여m를 떨어지니 절세의 장관(壯觀)이었고, 그 소리는 차라리 거문고 소리다.

폭포 주변은 아직도 잔설이 쌓였고, 뼈가 저리도록 시원한 물 흐르는데, 한 편에는 온천수가 계란을 익힌다. 이 맑은 물 흐르고 흘러 미움도, 원망도, 불의, 모든 죄악까지 다 씻어 태평양 한복판으로 쓸어 가기를 바라고 바란다.

7월 15일(목) 5시 30분에 눈을 떠 아침식사를 하고 다시 만날 기약도 못한 채 백두산을 뒤로하고 연길을 향했다. 그래도 못내 아쉬워 오는 길에 백두 할망 치마폭 들추고 백두산 돌 하나 챙겼다.

상흔에 찌든 아가씨에게 이끌려 이곳저곳 휴게소에 들려 맘에도 없는 물건 둘러보며, 가끔 해우(解憂)도 하고 되짚어 다섯 시간 만에 연길에 도착했다.

중식 후 용정을 찾았다. 시인 윤동주, 김재준, 강원룡 목사 등 걸출한 선배님들을 배출한 용정 중학교에 갔다. 동주의 시처럼 하늘을 향해 한 점 부끄럼 없기를 빌며, 다정하게 옷깃을 여민다.

여정은 이어져 도문이다. 두 세 개의 강이 두만강에 합수(合水)되어 동해로 흐르는 지점이란다. 어딜 가나 상흔(傷痕)은 여전하여 텃세에 자릿세가 심해 기분이 상한다.

조그만 강줄기 하나를 사이에 두고 한 쪽은 누더기를 걸친 거지요 다른 한 족은 옥동자다. 무엇이 이토록 지옥과 천국 만들었을까. 북녘땅 바라보며 동족(同族)을 생각하니 마음이 아프다 못해 아리다.

잘 뚫린 고속도로를 달려 연길로 돌아와 세계 최대 곰 사육장에 들렸다. 좁은 우리에 2000마리도 더 되는 곰이 용신도 어려운 우리에서 사육되고 있었다.

가장 높은 전망대 같은 구조물에는 승리한 대장 곰이 올라 기쁨을 만끽한다는 설명이지만 저 모습이 어찌 승자의 모습이겠는가. 천지신명에게 살려 달라고 간청하는 애걸복걸 같아 보인다.

체념한 채 죽기만 기다리며 먼 고향 하늘가 우거진 수풀 그리워 전후좌우로 고갯짓만 하는 곰들이 애처롭다. 더 깊이 들어가니 컴컴한 사육장 안에 한 평 철장 속에 갇혀 쓸개에 호스 달고 주기적으로 쓸개를 뽑히는 곰들의 신음소리는 차라리 아비규환(阿鼻叫喚)이다.

대지를 가로질러 장백산 원시림 누비며 천하를 호령할 전설적 동물들이 마늘은커녕 쓸개를 공출 당하고 있다. 쓸개 뽑힐 운명이라는 것도 모르고 천진하게 놀이하는 새끼 곰이 가련하다.

우리가 36년 동안 일제에 강점당했을 때 이런 꼴이었을 것이라 생각하니 가슴이 찢어진다. 석식 후 10시 20분 비행기를 타고 차 한 잔하고 나니 장춘이다. 호텔로 향하는 야경은 그야말로 황홀이었다.

4시에 잠 깨어 서둘러 비행장으로 갔다. 3박 4일 동안 중국 관광을 했지만, 겨우 중국의 한 모퉁이를 보았을 뿐이다.

56개 종족이 어울려 사는 나라, 수많은 비바람 폭풍에도 미동도 없는 나라, 13억도 더 되는 사람들을 먹여 살리는 나라. 같은 상품이 어디서는 20만 원 하고 어디서는 2만 원 하는 나라, 중국은 요지경 속이다. 그러나 이 나라가 긴 잠에서 깨어나는 날, 세계 위에 군림할 날 멀지 않으리라.

여권 분실로 함께 오지 못하는 동기 생각하며 기도하는 마음으로 비행기에 오르니 비행기도 어렵사리 비행장을 이륙하여 인천국제공항에 닿았다. 온천지가 불야성이다. 누가 무어라 해도 역시 우리나라가 최고다.

억수같이 쏟아붓는 빗줄기 헤치고 김포공항을 이륙하여 포항에 당도하니 하늘이 활짝 개였고 햇볕이 쨍쨍하다. 감사이어라. 축복이어라. 은혜이어라.

중국의 한 성(城)에도 못 미치는 나라지만, 가장 짧은 기간에 가난을 탈피한 나라. 세계 제10대 경제 규모를 가진 나라. IMF의 터널을 가장 빨리 빠져나온 나라. 월드컵 4강에 오른 나라. 세계에서 두뇌가 가장 좋은 나라, 선교 100년 만에 1200만 성도와 5만의 교회를 가진 나라. 여기가 우리 조국 대한민국이다.

(4) 소아시아 성지순례 여행기.
(2016년 3월29~)

우리 흥해제일교회가 창립 110주년 기념으로 오래전부터 준비해 오던 소아시아 성지 순례의 날이 다가왔다.

새벽 4시 20분경에 공항에 도착하니 청사는 깨끗하고 따스하다. 그야말로 세계 일류급 공항이다. 10시 30분 아시아나항공 02551편에 몸을 실으니, 육중한 몸매의 쇠 나비가 굉음을 내며 둥실 하늘로 치솟는가 했더니, 금방 고도 1200m, 시속 800여㎞, 밖의 온도는 −65℃인데 비행기 안은 우리 집 안방이다. 짐작컨대 베이징 상공과 고비사막, 그리고 알마타 상공을 거쳐 이스탄불까지 가는 800㎞의 대 장정이다.

이 천상의 아방궁에는 날개 없는 천사들이 온갖 시중을 다 들어 주고 시간 따라 각종 음료와 식사를 날라다 주니, 우리가 어릴 적에는 상상도 못했던 호사다. 이 나이에 옛날 임금도 받지 못했던 이런 호사를 누리게 해 준 아들딸들과 하나님께 감사한 마음으로 손을 모은다.

이스탄불에 도착하고 보니 로마가 일곱 언덕 위에 자리했던 것처럼, 옛날 콘스탄티노플로 불리던 이스탄불도 여러 개의 언덕으로 이뤄져 있었다. 과거 비잔틴 제국의 찬란했던 흔적이 여기저기에서 고개를 쳐들었고, 골목길까지도 돌로 포장된 1700여 년 전 흔적들을 보니, 내가 타임머신을 타고 콘스탄틴대제가 다스리는 나라에 온 것 같아 감개가 무량이다.

다음 날 아침 6시 40분 호텔을 출발하여 갑바도기아로 가기 위해 카이세리행 국내선 비행기를 탔다. 카이세리에 도착 후 전세버스를 타고 장군들의 정원이라고도 하는 갑바도기아로 갔다. 갑바도기아에는 혹성에서나 볼 수 있을 것 같은 광경이 눈앞에 아득하게 펼쳐졌다.

그 온 산천에 웅장한 바위들이 즐비하게 도열해 있어 마치 장군들이 말을 타고 투구를 쓴 것 같다. 이 갑바도기아의 기묘한 바위 여기저기에는 크고 작은 굴들이 있는데 수도사들과 많은 은둔자들이 이곳에서 고행을 한 흔적들이라 한다.

다음으로 기원전 7~8세기에 만들어지기 시작했다는 깊은 우물이라는 뜻의 대림구유 지하 도시로 갔다. 북 이스라엘이 앗수르에 멸망당할 때쯤인 BC721년경에 만들어진 것인데, 지하 20층으로 120m까지 내려가는 규모이지만 현재 8층까지만 공개되었다.

동굴은 방어를 쉽게 하기 위해 좁고 낮게 만들어져 있었는데, 여기서 9㎞나 떨어진 카이막클리 지하 도시와도 연결되어 있고, 수용인원이 3만 명 정도라고 하니, 그 규모를 가히 놀랄 만하다.

갑바도기아 관광을 마치고 성서에서 이고니온이라고 불리는 콘야로 향했다. 이 콘야는 바울의 여제자 테클라 성녀의 고향이며, 여제자로서는 처음으로 순교를 당한 사람이다.

콘야는 "양의 가슴"이라는 뜻인데 인구 120만의 도시이다. 사막종교인 이슬람교도들이 무엇을 갈망했던가를 엿볼 수 있었다. 양의 가슴처럼 풍요롭고 따뜻한 이상적인 세계를 꿈꾸며, 푸른 숲, 푸른 초장, 잔잔한 물가를 상징하기 위해 천국의 색깔인 푸른색으로 칠했다. 그래서 지금도 이슬람사원을 블루모스크라고 부른다.

셋째 날 아침 7시쯤에 성서 이름으로 비시디아 안디옥, 현재 지명은 얄바츠로 향했다. 버스로 두 시간을 넘게 달려온 이 안디옥은, 바울의 선교 중심지로 바울 기념교회 터가 있다.

바울 기념교회를 돌아보니 우리 믿음의 선배들이 어떻게 신앙생활을 했던가를 조금이나마 알 수가 있었다. 다시 두어 시간을 더 달려 히에라폴리로 갔다.

히에라폴리라는 말은 "거룩한 도시" "성스러운 도시"라는 뜻인데, 그래서인지 많은 신전들이 있었다. 이 히에라폴리와 라오디게아 그리고 골로새가 4~50리 간격으로 삼각형을 이루고 있었는데, 이 모두 바울의 제자인 에바브라가 개척한 교회들이다.

다시 애급의 마지막 바로라 불리는 클레오파트라가 찾아 왔었다는 파묵칼레로 갔다. "파묵"이란 말은 목화라는 뜻이고, "칼레"란 성(城)이라는 뜻으로 "목화의 성"이라는 의미이다. 여기서 나오는 이 온천물이 관을 통해 라오디게아까지 공급되었으나, 도중에 물이 식어서 차지도 덥지도 않았을 것이 분명하다. 따라서 라오디게아 교인들의 신앙도 차지도 덥지도 않았다고 책망을 받은 것이다.

만우절 이른 아침부터 형제우애라는 뜻의 빌라델비아 교회를 찾았다. 빌라델비아는 현재명이 알라 세히르(Alla Sehirr) 즉 알라의 마을이란 뜻이다.

그 옛날 빌라델비아는 지진의 도시였다. 티베리우스 황제가 지진으로 파괴된 빌라델비아를 재건하고, 자기 신전을 짓고 황제숭배를 강요했다. 그 신전에 참배한 후에는 술의 신인 디오니소스를 만족케 하기 위해 포도주를 마시고 만취된 채 집단성행위를 했다는 것이다. 이를 본 바알신이 흥분하여 자기도 성관계를 하고, 사정을 많이 해야 땅에 비가 많이 오고 풍년이 온다고 믿었기 때문이다.

이에 바울 사도를 비롯한 빌라델비아 교회공동체는 세상에 우로를 내리시는 분은 하나님이시며, 이런 행위는 하나님 앞에 가증한 행위임을 설파하고, 황제숭배 사상에 대하여 반기를 들었다. 그래서 계시록에 빌라델비아 교회는 주님의 칭찬을 받은 것이다.

그 대신 사데 교회는 산정(山頂)에 있기 때문에 이단사상과 황제숭배사상으로 부터 오는 핍박이 비교적 적었다. 그래서 안일하고 태만한 신앙생활을 했기 때문에 주님께로부터 "살았으나 죽은 교회"라는 책망을 받은 것이 분명하다. 아데미신전 뒤편으로 사데 교회 유적들이 보인다.

빌라델비아 성을 지나 사데 성터 찾아드니, 호화롭던 그 시절 물같이 흘러가고 무너진 성벽엔 바람소리만 허허롭다.
깎아지른 절벽 위에 난공불락의 성벽 쌓았지만 파수꾼이 졸다가 두 번이나 공격을 받아 인간의 계획은 수포라는 것을 웅변적으로 말해 주는 듯하다.

그 성벽 바로 아래는 죽은 자들의 마을과 산자의 마을이 서로 정겹고, 그 맞은편 언덕에는 아르테미스 신전과 요한 기념 교회 터전이 다정하게 어깨동무하였다. 하늘 높이 솟은 사이프러스 나무숲에선 멧비둘기 구슬피 우니 산수(傘壽)를 앞둔 늙은이를 슬프게 한다.

그 다음으로 주님께로부터 우상의 제물을 먹고 행음했다고 책망을 받은 두아디라 교회를 향했다. 두아디라의 현재 이름은 악크 히사르(Ak hisar)이며 두아디라는 "두아의 도시"라는 뜻이다. 두아디라에는 그 당시 가장 영향력이 있던 아폴론 신전이 남아 있고, 교회 유적은 마을 한가운데 그 흔적만 흩어져 있다.

버가모는 소아시아 무시아도의 성읍으로 "높아졌다" "교만하다"는 뜻이다. 버가모는 양피지의 발달로 20만 권의 장서가 비치된 세계 제 2의 도서관이 있던 학문의 도시였다. 그리고 세계 7대불가사이 중의 하나인 제우스 신전과, 아데네, 디오니소스, 아스크라피우스 신전이 모여 있는 미신숭배의 중심지였다. 여기 세라피스 신전이었던 곳에 버가모 교회 공동체가 있었다고 한다.

다음으로 이스탄불, 앙카라에 이어 터키 3대 도시 중 하나인 이즈미르 즉 서머나로 향했다. 이 서머나는 지금 인구가

300여만이나 되는 터키 제2의 도시다.

이 서머나는 몰약이라는 뜻으로 아시아의 모든 도시들 중에 가장 아름다운 도시였다. BC 1000여 년에 건설되었으나 BC 600여 년 경 루디아 족에게 멸망당했다. 그 후에 루시마커스에 의해 BC 200년경에 재건되었다고 한다. 이 서머나는 이방종교의 중심지였지만 서머나의 교부 폴리캅이 여기서 화형을 당하는 등 시련이 많았다. 하지만 믿음을 잘 지켰기 때문에 "다시 사신' 우리 주님은 "죽도록 충성하는 자들에게 둘째 사망을 당하지 않게 하시리라"는 약속을 하셨다.

4월 둘째 날 에베소를 찾았는데 에베소는 인내라는 뜻으로 현재 에페스, 에페수스 등으로 불러지며, 셀추크로 불리기도 한다. BC 1200년경에 건설되었다가 지진으로 인하여 완전히 파괴 되었는데 BC 800년경에 다시 재건되었다.

여기에 여러 개의 기둥과 세례 터 등 에베소교회 유적과 웅장한 사도 요한 기념교회의 유적만 남아있고 그 뒤로는 셀추크 성이 자리 잡고 있다.

세세토록 부귀영화 누리겠다고 대리석 다듬어 성벽 쌓았건만, 폐허가 된 성터엔 바람만 소슬하니, 여기 저기 들고양이만 노닐고 온 세계 인간전시장이 되었네.

또 에베소 유적지에 들어가기 전, 주차장 뒤편에 바울의 제자요 의사인 누가의 무덤이 자리하고 있는데, 네 개의 기둥 (4복음을 상징함)과 누가복음을 상징하는 황소의 조각과 십자가가 선명하게 보인다.

에베소에는 세계 7대 불가사의로 알려진 그 유명한 아르테미스(로마에선 디아나로 부름)신전이 있는데, 길이가 130m, 너비가 67m이고, 거기에 1.8m 지름에 높이 18m 대리석 기둥 127개나 세웠다. 그 중에 36개는 금으로 쌌다니 엄청난 규모로 120여 년이 걸렸다고 한다.

이 아르테미스 신상은 허리 위에 24개의 젖가슴을 늘어뜨리고 있는 생산의 여신이다. 그 신전에 천여 명이 넘는 여 사제들이 낮에는 참배객을 접대하다가 밤에는 시내로 내려와 호객행위를 일삼았다고 한다. 이런 음란의 도시가 몰락한 것은 그 앞을 흐르는 카이로스 강이 홍수로 범람하여 그 퇴적물 때문에 항구로서의 기능을 상실하여서 급격히 쇠퇴하고 말았다고 한다.

에베소교회 옛 터전을 돌아드니 아데미 신전과 황제들 신전이 연접해 있고, 옛날 호화찬란하게 분장한 귀인들이 마차에 올라 거드름을 피던 더 넓은 마찻길에선 마차바퀴 소리 요란하고, 저작거리에서는 사람들이 북적댄다. 원형극장에서는 무사들이 피 흘리며 죽어 가는데, 사람이 죽는 것을 보고 낄

낄대는 2만 5천여 명의 웃음소리 충천이다.

신전에서 참배를 마친 군중들이 미친 듯 춤판을 벌이고, 아데미를 부르며 남녀가 뒤엉켜서 광란의 축제가 한창일 때, 키가 작달막하고 코는 메부리 코, 눈은 함정같이 들어가고, 머리가 벗어진 바울 사도 나타나 생명내대고 복음을 들으라고 외치는 우렁찬 목소리 들린다.

점점 미쳐 가는 이 시대를 사는 우리도 작은 바울 되어 복음의 기쁜 소식 전해야 하건만 오늘의 교회들이 단잠에 빠졌으니 이 일을 어찌하면 좋을꼬.

오늘은 주님의 날이다. 조식을 마친 후 9시부터 호텔 지하홀에서 함택진 목사님의 설교로 주일 예배를 드렸다. 98%가 이슬람교도인 이 터키 땅, 그것도 다른 곳으로 소리가 새어나가지 않는 지하공간에서 예배를 드리니, 옛날 카타콤 동굴에 숨어서 예배드리는 것 같은 기분이다.

어디를 가도 사람이 사는 곳이면 크고 작은 블루 모스크가 우뚝 솟아 힘자랑을 한다. 하지만 고층 건물 아래 초라한 두꺼비 집들, 빈부 격차가 심함을 보여주고, 아무리 눈 비비고 살펴도 십자가 하나 볼 수 없으니, 영적으로 삭막함에 가슴이 답답하다.

고대 에서문명도 그리스 로마문명도, 모두 다 사치와 향락으로 망하고, 역사의 뒤안길로 사라졌는데, 오늘날 현대 서구문명이 아직도 정신을 못 차리고 가는 곳마다 먹고 마시고 노는 곳뿐. 멸망의 길로 열심히 달리고 있으니, 언제 하나님의 인내가 끝나 불방망이 내리실지 노심초사(勞心焦思) 두렵다.

오늘은 이 터키를 떠나 에게(Aegean) 바다를 건너 선편으로 히오스 섬으로 가서, 거기서 다시 야간 페리호(BLUE STAR FERRIES)를 타고 그리스영토인 피레우스 항으로 가는 날이다. 히오스 섬에 도착하니 시리아 난민들이 부두 여기저기 텐트를 치고 있다. 이 시리아 난민을 여기 와서 직접 보니 남의 일이 아닌 듯 심각해 보였다.

오늘은 소아시아 방문 일곱 번째 날이다. 아침 6시 30분 피레우스 항구에 도착하였다. 그리스의 인구 1.100만 중 400만이 산다는 그리스 최고의 도시 아테네를 거처 고린도로 갔다. 고린도는 옛 아가야 수도로서 지금 약 3만 명 정도가 살고 있지만, BC 500년경에는 인구 30여 만의 대도시였다고 한다. 고린도로 가는 길 좌편에는 에게(Aegean) 바다가 펼쳐져 있고, 우편 기슭에는 낮고 조그마한 집들이 나무 아래에서 숨바꼭질을 하고 있다. 바울 사도의 전도지인 고린도 박물관과 유적지를 순례하고, 고린도 운하를 관광하였다. 아크로폴리에는 다른 신전도 있지만 세계 보물 1호로 지정되어 처녀신인 아테네를 섬기는 파르테논신전이 있었다.

고린도 아크로폴리는 둘레가 2㎞쯤 되며 575m 산정인데, 고린도 시가지를 훤히 내려다본다. 신들은 자꾸 위로 올라가고, 인간들은 자꾸만 아래로 내려와 구별되게 자리를 잡았다는데, 신전의 천여 명이나 되는 여 사제들이, 신의 이름으로 밤이면 밤마다 고린도로 내려와 인간과 접촉하여 피를 거룩하게 했단다. 이런 사상이 효시가 되어 오늘날 피 가름 사상이 생기게 되었다는데, 세월도 하무상하여 들판에는 쑥갓 꽃이 살랑살랑 꼬리 쳐 반긴다.

고린도에 있는 6,000여 명을 수용할 수 있는 아레오바고스는 아고라와 같이 토론과 대화의 장소이기도 했지만, 근대 민주주의를 꽃피운 곳이기도 하다. 파르테논 신전 옆에는 신들의 쓰레기장이라 할 수 있는 온갖 잡신을 함께 섬기는 신전도 있다.

당시 바울이 선교했던 그리스에는 6,000여 개의 신들이 있었는데, 로마시대가 되면서 2만여 개의 신들로 불어났고 그래서 "알지 못하는 신에게"라는 성서의 기록도 있다.

4월 5일 동녘이 밝아올 무렵 아테네를 떠나 두어 시간 정도를 달리니 인구 6만의 나미아 도시가 보인다. 핀토스 산맥을 왼쪽으로 하고 달리는데, 산야에는 야생 유채꽃이 만발했고,

더 넓은 들녘엔 밀밭이 아득하다.

공중에 매달렸다는 별명을 가진 마테오라 산정에 올랐다. 600M가량의 산꼭대기에 수도사들과 은둔자들이 기도를 하고 수련을 했다는 곳인데, 과거엔 24개의 수도원이 있었으나 현재는 6개의 수도원만 운영되고 있다고 한다.

제일 높은 곳에 있는 발람 수도원에 오르니 아찔한 수직 바위 위에 오도카니 서 있었다. 수도사들이 이런 수도원이나 바위굴에서 한 손에는 성경을 들고, 또 한 손에는 검을 잡고, 400여 년 동안이나 터키와 싸워 끝까지 믿음을 계승하여 현재 97%의 기독신자를 가진 나라가 되었다니 경이롭기 짝이 없다.

그런데 우리나라는 그 1/10도 안 되는 36년간 일제치하에 있었지만, 신사참배를 하고 친일파가 되어 교계를 어지럽게 하고도, 누구 하나 회개하는 사람 없으니, 이 부끄러움을 어찌 하면 좋을꼬.

마테오라를 순례하고 내려오다가 조그만 식당에서 빵과 피망 밥, 그리고 야채가 나오는 점심을 먹었다. 식당 바로 앞에도 100M는 됨직한 깎아지른 바위 이곳저곳엔 수도사들이 은둔했던 수십 개의 바위굴이 있고, 그 아름다운 산을 배경으로 수 백호는 됨직한 집들은 하나같이 붉은 지붕을 이고 어깨동무하여 정겹다.

마을 앞으로 아름다운 강이 흘러 풍수지리설로 말하면 전형적인 배산임수(背山臨水)요, 경치도 좋고 공기도 좋으며 거기다가 물까지 맑은 이런 곳에 사는 사람들은 늙지도 않으련만, 식당 주인의 머리에도 살구꽃이 피었고, 무덤 앞에 조그마한 십자가들을 보니 속절없이 병들어 죽었나 보다. 봄바람은 산들 불어 옛 수도사들의 애환을 실어오고, 길가에 핀 꽃들은 화무십일홍(花無十日紅)을 노래한다.

다시 데살로니가로 이동했는데 현재 인구가 150만으로 그리스 제2의 도시요 교통의 요지라 했다. 데살로니가 부두해안을 둘러보았는데, 경제위기에 처한 나라답지 않게 수많은 인파가 낭만을 즐기고 있었고, 거리는 깨끗하고 건물도 웅장했다.

여덟째 날 아침 7시에 데살로니가를 떠나 베레아로 갔다. 베레아는 현재 인구 4만의 도시인데, 당시 사도 바울 일행은 데살로니가에서 전도하다가 유대인의 핍박을 피해 간 곳이다. 베레아 사람들은 매우 신사적이어서 날마다 성경을 상고했다(행17장)고 한다. 이 베레아 중심부에 바울이 설교했다는 곳에 바울의 강단인 비막이 있다. 그리고 다시 아볼로니아로 향했다. 아폴로 신의 이름을 딴 도시로 이 신은 음악의 신이기도 하고 무술의 신이기도 하여, 가장 그리스 적인 신이라 할 수 있다.

바울이 강론한 비막(보폭(步幅)이라는 뜻)으로 갔다. 물가에 심긴 나무로 불리는 500여 년은 됨직한 프라다나스가 청청하다. 바울이 기도처를 찾아 문밖 강가로 갔다가 자주 장사 루디아에게 도(道)를 전했고 루디아가 교회의 초석이 되었다. 아직도 그 앞에 지가티스 강이 흐르고 그 강가에 루디아 기념 교회가 아름답게 자리하고 있다.

다시 약 1㎞ 정도를 걸어 빌립보 유적지에 이르니, 옛 명칭은 크레니티인데 마케도냐 왕 필립 2세가 자기 이름을 따서 지은 이름이란다. 바로 길 위에 바울이 갇혔던 감옥이 있는데, 감옥이라고 해봐야 조그마한 방 하나 크기의 석굴이다. 그 바로 뒤편에 술의 신인 디오니소스와 지신인 이수스 신전이 자리했고, 이런 신전들이 나중에는 교회가 되었다가 이제는 폐허만 남았다.

그 앞에는 로마가 건설한 아테네로 가는 장장 600여㎞나 되는 세그나비아 군사도로의 흔적이 역력하고, 그 앞으로 아고라 광장과 옛 상점들이 즐비하였고 대왕의 무덤도 보인다.

이 빌립보 성에는 그 당시 인구가 적어도 30만은 되었을 것으로 추정하는데, 원형 극장의 좌석이 1만 5천 석이나 되고, 42명이 함께 사용할 수 있는 화장실도 보인다.

다시 얼마를 가다 보니 에게 바다를 옆에 끼고 인구 6만의 네압볼리가 앉아있다. 16세기에 건축되었다는 니콜라스 주교 (산타크로스) 기념관에 이르니, 찬란하고 엄숙하여 모자를 벗었다.

사모드라게 섬을 오른쪽에 끼고 에게 해변 도로를 달렸다. 끝 간 데를 모를 넓고 비옥한 평야가 파노라마처럼 펼쳐진다. 이 땅을 차지하기 위해 얼마나 많은 피가 흘렀을까.

군왕들은 그 피 위에 앉아서 희희낙락 호화를 누렸겠지. 잘 닦인 고속도로를 따라 그리스와 터키 국경을 향하여 달렸다. 날씨는 완연한 봄 날씨이고 하늘엔 뭉게구름 둥실 떴다. 성을 쌓는 자는 망하고 길을 뚫은 자는 흥했다는 사실을 오늘날의 인간들이 알기나 할는지.

4시 20분경 그리스 국경을 통과하니 터키는 그리스와 별로 다른 것은 없지만 표지판의 글자가 영어라는 것과, 큰 목장들이 많다는 것, 그리고 히잡(베일)이나 차도르를 쓴 여인들이 많이 보였다. 98%가 신자인 이슬람권에 들어왔다는 것을 말해 주는듯하다.

이번 순례를 마감하는 날이다. 오전 9시부터 하나님께 감사하는 기도회를 드린 후, 이번 순례를 통해 느낀 바를 각자가 발표하고 마무리하였다. 공항을 향하여 1시간쯤 달리다가 중식을 하고, 여유롭게 공항에 도착하여 출국수속을 마쳤다.

공항 대합실에는 큰 사람 작은 사람, 살찐 사람 마른 사람, 흰 사람 검은 사람, 늙은 사람 젊은 사람, 예쁜 사람 추한 사람, 세상사 보여 주는 인생 대합실이다. 이 사람들은 모두 다 떠나가고, 또 다른 나그네들 이 자리를 채우겠지. 두어 시간을 기다려 비행기를 탔는데, 갈 때 보다 올 때가 2시간이나 단축된다. 지구의 자전 때문에 그런가본데 신비롭기 짝이 없다.

4월 8일은 비행기 안에서 밤을 보내고 아침 9시 40분에 인천 국제공항에 도착했다. 초로(初老)들의 얼굴에는 피곤 끼 가득하고, 입가에는 허옇게 버섯 꽃이 피었다. 입국수속을 마치고 중식을 한 후 12시 17분 포항행 KTX에 올랐다.

3시 30분경에 포항역에 내려 자가용을 타고 집에 도착하니, 박태기도 꽃을 피웠고 이팝나무는 이미 잎이 한창인데 개나리는 노랑저고리 갈아입었고 앵화(벚꽃) 한 닢 두 닢 꽃비가 내린다.

(5) 팔순기념 미국관광

아내가 자기 통장에 한푼 두푼 모아둔 거금을 털어 내 팔순 기념으로 한 달 동안 미국관광을 선물을 한 것이다. 이번 기회가 마지막이라는 생각으로 무리한 행군을 했다.

첫 일정으로 3박 4일 도안 서부관광에 나섰다. 모하비 사막을 온종일 달려 세계 최고의 위락도시인 라스베이거스에 도착하였다. 다음날 신의 예술품이라고 불리는 브라이스 캐니언, 신의 정원이라고 불리는 자이언 캐니언, 신의 걸작품(傑作品)이라고 불리는 그랜드 캐니언을 관광했다.

다시 LA로 돌아와서 친척 집에 머물면서 또 3박 4일 일정으로 호놀룰루(Honolulu)로 날아가 와이키키 해변을 비롯하여 폴리래 시안 민속촌과 기타 관광지를 누볐다.

그리고 다시 LA로 돌아왔다가 동부 관광에 나섰다. 5시간 넘게 비행기를 타고 뉴욕에 도착한 후 미국과 캐나다 국경 지역에 있는 나이아가라 폭포를 구경했다. 다시 뉴욕으로 돌아와 맨해튼에 있는 유엔 본부와 엠파이어스테이트 빌딩, 자유의 여신상을 보고 백악관 앞 정원과 전직 대통령들의 기념관을 관람했다.

다시 LA로 돌아왔는데 시애틀에 있는 사촌이 비행기 표를 보내와서 시애틀로 날아가 Snoqualmie Palls Park와 Space

Needle을 관광하고 LA로 돌아왔다. 이들 지역은 같은 나라이지만 비행기로 5~6시간이나 걸리고 기온 차도 20도가 넘는다. 그래서 내 몸이 무리가 되었는지 돌아오기 이틀 전부터 감기몸살이 왔지만, 14시간의 비행시간을 포함하여 총 24시간 만에 집에 도착했지만, 고뿔 때문에 모진 고생을 했다. 긴 여정이라 여행기를 다 올릴 수 없어 두 편의 시만 올린다.

* 그랜드 캐년(Grand Canyon)

30여 명을 삼킨 대형 공룡이 기름진 초원이라는 모하비 사막을 싫은 기색 없이 어둠 뚫고 잘도 달린다.
나목(裸木)들은 생사기로에 섰고 머리에 눈을 인 고봉들 사이로 붉은 아침 해 돋으니 황홀이라.
그~년은 아직 시집도 안 가고 피부색이 어떻든 차별도 없이 잡노옴 잡여언들 다 불러 모은다.

접근금지 표시로 철조망 두르고 험상궂은 이빨 드러내 보이지만 치마폭 들치고 속살 보려 환장들이다.
억겁의 세월 고스란히 지닌 채 인디언을 아직도 품고 산다니 일편단심이로구나.

* 나이아가라(Niagara)

미국과 캐나다 국경 이룬 나이아가라 강. 아찔한 절벽을 타고 쏟아지는 폭포수. 신선의 놀이터인 양 무지개가 피고, 천지공명의 경이로운 이 소리는 2만 5천 개의 나팔 소리와 같다는구나.

이 어찌 지상의 소리인가. 차라리 천군의 나팔 소리요. 천사들의 비파소리로다. 심장을 울리고 폐부를 찌르니 속세를 떠난 하늘의 교향곡이로다.

하늘로 치솟는 뽀얀 물안개에 흥겨운 갈매기도 유영을 하니 삼천궁녀 한 맺힌 춤사위로구나. 뉘라서 거역하며 뉘라서 마다하랴. 아! 하늘 아래 둘도 없는 비경이로세.

17 귀천 준비

(1) 아들딸들에게 부탁하는 말

미혜, 화주, 천혜, 신혜, 그리고 가슴으로 낳은 아들인 사위 이창열에게 쓴다.

얼마 전까지만 해도 하늘의 부름을 받으면 어떻게 하지! 라는 생각 따위는 하고 싶지도 않았다. 하지만 이제 여든(傘壽)이 되고 보니 서서히 준비를 해야겠다는 생각이 든다. 왜냐하면 갑자기 무슨 일을 당하면 너희들이 당황할까 봐서 그렇다.

사람이 한번 태어났으면 반드시 죽는다. 그 다음엔 주검을 어떻게 할 것인가가 문제가 된다. 매장을 할 것인가 아니면 화장을 할 것인가이다. 이 문제를 두고 형제들 간에 대화도 해보았다. 수목장을 하자는 의견도 있었지만, 수목 관리에도 많은 정성이 필요하고, 장례를 치를 때도 나무 밑에다가 묻어 버리고 돌아서는 것이 그리 좋아 보이질 않았다. 시신을 화장하여 그 유골을 조그만 단지에 담아 닭장과 같은 납골당에 안치하는 것도 좋아 보이질 않는다. 세월이 흐르면 분명히 더 간소화 될 것이 분명하지만, 다음 세대는 또 다른 방법이 나오더라도, 아직까지는 죽은 사람이라고 너무 초라하게 모셔서는 안 된다는 생각이다. 그래서 윗대로부터 물려받은 산지에 알뜰하게 가족 묘지를 만들어 놓았으니 화장을 한 후 매장을 하는 것으로 하면 좋지 않을까 하는 생각이다.

= 아 래 =

(a). 이후로 어떤 몹쓸 병에 걸리더라도 절대로 방사선 치료나 수술 같은 것은 하지 마라. 행여 갑자기 어디가 아파서 입원을 해야 하는 경우, 2주 이상은 입원시키지 말고, 할 수 있으면 집에서 편안하게 떠날 수 있게 해주기 바란다. 한도 없고 미련도 없으니 절대로 생명유지를 위한 연명장치는 하지 마라.

(b) 수의 따위도 하지 마라. 여름이면 내가 입었던 모시옷에 두루마기면 되고, 겨울이라도 전에 입었던 무명으로 된 한복이면 된다. 그리고 시신은 절대로 끈으로 묶지 마라.

(c) 너희들이 보기 싫으면 화장을 안 해도 되지만 매장이든 화장이든 자연으로 돌아가기는 다 마찬가지가 아니겠니? 그리고 매장을 하면 땅에서 썩을 것이니 관도 하지 마라. 고운 천이나 문종이로 싸면 된다. 유골은 매장을 하되 절대로 단지에 넣지 말고 조그마한 나무 궤짝을 사용하여 흙과 접하도록 했으면 좋겠다.

(d) 묘비(墓碑) 대신 아래 시를 "시비(詩碑)"로 세우고, 뒷면에 이력을 새기면 좋겠다. 시비(詩碑) 앞면에 내 사진 한 장 넣어 두면 너희들이 보고 싶을 때 볼 수 있지 않을까?

(e) 아마도 네 어멈보다 내가 먼저 갈 터인데 그 때는 현재 거주하고 있는 서정리 668번지를 정리해서 엄마가 편히 지낼 수 있도록 조그마한 집이라도 하나 마련해 드리고, 남는 돈이 있으면 노후자금으로 사용하여 편히 잘 모시기 바란다.

내가 그렇게 하고 싶었지만 나는 일평생 사택이라는 공간에 갇혀 살았기 때문에 아파트에서는 못 살 것 같아 시행을 못했다. 네 어멈은 목사에게 시집와서 큰 소리 한 번 못하고 살았다. 은퇴하고도 농사일을 많이 해서 늘 미안한 마음뿐이란다.

(f) 그리고 옛날엔 봉건적인 풍토였기 때문에 너희들에게도 살뜰한 정을 표현하지도 못했고, 사실 그럴 줄도 몰랐다. 그뿐만 아니라, 목사이기 때문에 목회에 신경 써야 하고, 교회 일에 코가 빠져서 너희들에게 각별한 관심을 보이지 못했음을 고백할 수밖에 없다. 그러나 내가 너희들을 진정으로 사랑한다는 것 알아주기 바란다.

그래도 미혜, 천혜, 신혜 너희 이 세 딸들은 모두 잘 커 주었고, 신앙생활 잘해서 고맙고 감사할 뿐이다. 그리고 미혜와 천혜가 큰 풍랑을 겪었지만 굳건하게 믿음으로 이겨내고 있어서 늘 고맙고 감사한 마음뿐이란다.

(g) 화주는 내가 잘 못 가르쳐서 그렇겠지만 어릴 때부터 밖으로만 돌았지. 추풍령 제일교회에서 시무할 때인데 화주가 서너 살 때쯤에 조금 꾸짖었더니 집을 나가서 도로를 따라 서울 쪽으로 계속 가는 것을 달래가지고 돌아온 적이 있다.

내가 금릉교회에 시무할 때도 화주가 큰 잘못을 저질러 매로 심하게 다스렸는데, 그런 이유 때문인지는 모르나, 늘 밖으로만 나돌았다. 그것이 내 잘 못이라고 생각되어 평생 후회하며 살았다.

화주는 언제나 내가 보고 싶을 때 가까이에 없었고, 내가 필요할 때는 항상 곁에 없었다. 생일 때나 명절 때도 속눈물 흘리며 기다렸지만, 같이 지낸 기억이 별로 없구나.

진아와 선아를 우리 부부에게 맡겨서, 우리 부부 나름대로는 한다고 했지만, 대학도 못 보내고 지금 어려운 직장생활 하는 것을 보면 항상 마음이 아프단다. 우리 부부가 터키 성지순례 갈 때 목돈 해 준 것은 고맙게 생각한다. 이제부터라도 믿음의 생활 잘하고 하나님 안에서 존절하게 살았으면 더 바랄 것이 없겠다.

(h) 이창열 우리 사위에게 쓴다. 자네는 우리 부부에게 항상

든든한 아들과 같았다네. 착하고 신실한 자네를 우리 부부에게 허락해 주신 하나님께 늘 감사하면서 살았지만, 한 번도 고맙다는 말을 못했는데 이 지면을 빌어 고맙다는 말을 하네. 정말 고맙네. 이후라도 형제간에 우애 있게 잘 지내 주길 바라네.

(2) 묘비 문

* 길을 묻는 당신에게   //   황우 목사 백낙원

내게 인생길을 묻지 마라.
늙은 나도 지척(咫尺)을 모르는
생소한 길을 가고 있기 때문이다.

도인에게도 길을 묻지 마라.
그가 걸어가는 길과
네가 가는 길이 다르기 때문이다.

사자(死者)에게도 길을 묻지 마라.
묘지에 누운 자는 말이 없고
묘비문(墓碑文)에는 후회뿐이더라.

사람은 누구나 미답(未踏)의 개척자

지팡이에 의지하는 장님처럼
한 걸음씩 더듬어 나가는 순례자이니라.

행여 길을 물으려거든
무덤이 없는 이에게 가라.
그 분이 길이요 진리요 생명이니라.
『너희는 인생을 의지하지 말라. 그의 호흡은 코에 있나니
셈할 가치가 어디 있느냐』 (사 2:22)

(3) 나는 행복한 세대다.

가만히 생각해 보면 우리가 어릴 때는 매우 어려운 빈곤의
시대였다. 일제치하에서의 고난도 경험했고, 한국전쟁도 겪
어 보았으며, 뼈저린 가난도 경험해 보았다. 그러나 지금 생각
해 보면 우리 세대는 행복한 세대라는 생각이 들기도 한다.
이런 극한의 고난을 겪어 보았고, 이제는 또 다른 문명세계를
경험하며 두 세계를 살기 때문이다.

요즘 젊은이들은 고도의 현대문명과 풍요를 누리며 살기 때
문에 물질의 귀함도 모르고, 동시에 감사도 모르고 사는 것
같다. 그래서인지 행복지수가 낮다는 것이다. 그러나 우리 세
대는 두 세상을 사는 것이기 때문에 행복한 마음으로 감사하
면서 살아가고 있다.

우리 늙은이들은 옛날에는 상상도 못했던 인터넷 세상에 살고 있을 뿐만 아니라, 손전화도 가지고 편리한 삶을 누리고 살아간다. 그뿐인가! 자가용에 편리한 교통수단, 별의 별 먹을거리와 볼거리, 그리고 다양한 입을 것까지, 옛날 군왕이나 경험했음직한 삶을 누리며 살기 때문에 행복한 거다. 또 앞으로 우리 앞에 어떤 세계가 펼쳐질는지 두 눈 크게 뜨고 지켜볼 일이다.

내 사랑하는 아들딸들아! 나는 너희들에게 재물은 물려주지 못했지만, 이 한 몸 바쳐 뼈를 깎는 심정으로 최선을 다 했으며, 하나님 앞과 너희들 앞에 부끄러운 사람이 되지 않으려고 노력했다는 것 알아주면 좋겠다. 너희가 어디에서 무엇을 하든지 나는 너희들을 사랑한단다.

(4) 감사이어라.

나의 일생은 어떤 면에서는 순탄한 것처럼 생각할지 모르나 꼭 그런 것만은 아니었다. 그래서 40여 년 목회를 끝내고 은퇴하면서 지나온 나의 뒤안길을 되돌아보니 그럼에도 불구하고 모두가 감사이었다.

그래서 내가 작사를 하고 마지막에 시무했던 나아교회 김장구 장로님께서 곡을 붙여 노래를 만들었다. 이것 외에도 십수 편이 있지만 우선 감사이어라만 게재하려 한다.

* 감사이어라.

작사 : 황우 목사 백낙원 / 작곡 : 장로 김장구

인생의 뒤안길 돌아보면
꽃봉오리 이슬 머금듯
부푼 꿈 한가득
화사한 여름 기다리든
화창한 봄날 있었어라.

마당에 멍석 깔고
총총한 별 세며
쾌쾌한 모깃불 내음 맡으며
알알이 맺힐 가을 기다리던
울울창창 여름도 있었어라.

봄에는 하늬바람
여름엔 훈풍
가을엔 찬 서리 낙엽 지니
송알송알 땀방울 붉고
오색의 열매 맺혔어라.

석양을 바라보는 인생의 뒤안길
이별의 아픔도 배신의 쓴잔도
성취의 축배도 패배의 잠 못 이룸도
합력하여 선을 이루었어라.
빠짐없는 축복이어라. 감사이어라.

18 이력 및 수상경력

(1) 이력

1938년 10월 24일생.

본적 : 경북 김천시 삼락동 306번지.

1969년 12월 7일 한국 신학대학 졸업.

1971년 8월 16일 충북노회에서 목사 임직.

1975년 10월~1978년. 청주 남문교회 개척.

1980년 2월 29일 기장 선교교육원 목회학 석사취득.

1991년 2월~1992년 9월.

경북 구미시NCC회장 및 인권 위원장.

2002년 3월~2003년 3월. 경동시찰 위원장 역임.

2002년 3월~ 2004년 3월. 총회 공천위원 역임.

1994년 3월 15일~1995년 3월 15일.

한국기독교 장로회 경북 노회장 역임.

1964년 6월부터 2004년 3월 까지

청주, 김천, 포항, 경주 등지에서 목회.

2004년 3월 22일 자원 은퇴.

(2) 수상 경력

* 2012년 9월 12일.
  한국문학정신에서 시와 수필 부문에서 신인문학상 수상.
* 2012년 9월 12일. 독도 시 경연대회에서,
  　　　"누가 너를 독도라 하는가?"로 대상 수상.
* 2012년 12월 10일 아람문학 시인과 비둘기에서
  　　　　　수필부문에서 신인문학상 수상.
* 2013년 1월 25일. 대한문인협회(대한문학세계)에서
  　　　시와 수필 부문 동시에 신인문학상 수상.
* 2013년 11월 대한문인협회 "이달의 작가"로 선정.
* 2013년 12월 14일.
  대한문인협회로부터 "베스트셀러 작가상" 수상.
* 2014년 6월 15일.
  대한문인협회 주관 한 줄 시 공모전 은상 수상.
* 2014년 11월 아람문학에서 가을호(통권35호)
  시 부문 신인문학상 수상.
* 2014년 12월 20일
  대한문인협회에서 한국문학 우수문학상 수상.
* 2016년 1월 9일 대한문인협회 아트 TV 출연.
* 2016년 12월 21일 대한문인협회 한국문학 발전상 수상.
* 2015년 1월 18일.
  대한문인협회 수필분과위원회 회장.(현재)

(3) 목회 사역 결과

a. 장년세례 : 남 92명, 여 185명 계 277명.

b. 유아세례 : 남 44명, 여 59명 계 103명.

c. 결혼 주례 : 101회.

d. 장례 주례 : 38회.

e. 부흥회 인도 : 67회.

(단, 금릉교회 8년 시무 부분은 사정상 산출되지 못했음.)

(4) 저서

a. 설교집 "세미한 음성" 출간. (1991년 2월 10일 발행)

b. 수필집 "황야의 소리"(재판) 출간.

(1991년 9월 1일 초판, 1992년 4월 2일 재판)

c. 베델성서연구 보조교재. 전편,

(1991년 10월 24일 초판, 1992년 3월 30일 재판)

d. 베델성서연구 보조교재. 후편. 출간.

(1992년 3월 30일 발행)

e. 제2 수필집 "당신의 풀밭은 푸릅니까?" 출간.

(1998년 10월 20일 발행)

f. 제1 시집 "내 영혼의 깊은 곳에서 맑은 가락이 울려나네"

(2004년 2월 20일 발행)

g. 제2 시집 '씨밀레"(영원한 친구) 발간(2013년 6월 1일)

h. 제3 수필집 "인간 상실의 시대"발간 (2014년 10월 1일)

I. 제 4 수필집 자전 산문집 "시시콜콜" 출간.

  (2017년 8월 1일.)

(5) 저자의 주소와 연락처

주소 : 포항시 청하면 비학로 1782.(서정리 668번지)

전화 : 054-246-9196. HP : 010-2102-9196.

블로그 : http://blog.daum.net/nakwoun

페이스북 : https://www.facebook.com/nakwoun

E-메일 : nakwoun@hanmail.net

시시콜콜

황우 목사 백낙원의 팔순기념 자전산문집

초판 1쇄 : 2017년 8월 23일

지 은 이 : 백낙원

펴 낸 이 : 김락호

디자인 편집 : 이은희

기 획 : 시사랑음악사랑

인 쇄 : 청룡

연 락 처 : 1899-1341

홈페이지 주소 : www.poemmusic.net

E-Mail : poemarts@hanmail.net

정가 : 15,000원

ISBN : 979-11-86373-83-5